書下ろし長編時代小説

半四郎 艶情斬り

早瀬詠一郎

この作品はコスミック文庫のために書下ろされました。

目次

一之章　将軍御前試合

一

雨音に、目を覚ます。

庭に迫《せ》り出した軒廂《のきびさし》が、雨を受けての音だった。

「今しばし、眠らせてくれてもよさそうなものだが、雨も早起き烏《からす》同様、無粋《ぶすい》な……」

ひとつ枕で寝ていた女が目を開けたのを見て、半四郎は起きることはないと、肩を引き寄せた。

「今なん刻《どき》かしら」

「さてな。外が明るんで参ったゆえ、六ツ刻ほどかと思うが」

「寝坊しちゃったっ」

女は身を起こすなり、こぼれ出た乳を手で隠した。

芳香を立てる柔らかく真っ白な椀型の紅い先端が、冬の朝寒《あささむ》に尖《とが》った。

「…………」

半四郎の視線を見て取って、女は横目で睨んだ。

「ひと晩じゃれあった仲ではないか、なにも照れることはあるまい」

「夜は夜、朝は朝だわ」

「理屈にもなるまい」

「何十、いいえ何百もの女を弄《もてあそ》んでいるくせして、半さまは分かろうとしないの、女を」

怒りながら、女は鏡台の前に身を置く。

半四郎も、その後につづいた。

「嫌ねぇ、母親から離れようとしない子どもみたい」

女は鏡に映る半四郎に、眉を寄せた。

「男の多くは、子どものまま――」

肩ごしに手をまわし、柔らかな椀に触れようとしたところ、ピシャリと叩かれてしまった。

「子ども相手に、酷《むご》いことをする」

「本気で怒りますからねっ」

脱ぎ散らかしてあった襦袢《じゅばん》を羽織った女は、半四郎と向き合うと、怖い目をした。

「いつまでも子どもなのが男というのなら、昨日と今日とでちがうのが女です」

「ほう。今朝は光羽《みつは》姐《ねえ》さんではないと」

「確かに、今は光羽だわ。でも昨晩は乙女の、お光でしたの、五十男に騙《だま》された」

「騙されたと、この私に……」

目を剝《む》いた半四郎だったが、年増《としま》芸者は背を覆っていた襦袢を肩脱ぎにすると、鏡に向かった。

後ろ姿が、国貞《くにさだ》描くところの絵になっている。

しょぼつく冬の雨音の中、濡れてもいないのに、しっとりとした肌が湯気を立てているようだ。

夜具の中の温《ぬく》もりが、まだ失《う》せていなかった。

背ごしに見える乳の下の縊《くび》れが媚《なま》めかしいのは、男の精気を吸った証《あかし》なのだろう。

携帯の化粧刷毛《ばけ》を使いながら、鏡を覗くように首を伸ばす様が、乙女を見せていた。

「なるほど、深川芸者とはいえ乙女だ」

「年増だとの、皮肉ね」

「なんの。綺麗なものだと、見惚《みと》れておる」

「いやらしいのよ。五十にもなったお侍さまが、枯れもしないで生ぐさいなんて」

「五十、五十と、言いなさんな。好んで、五十になったわけではない」

「でも五十回もお正月、まちがいなくすごして来たのでしょ」

「それ以上、申すな……」

言いながら、半四郎は年増芸者の足首をつかんだ。

「ひっ」

「なるほど朝になると生娘になり、声柄までが若返るか」

足首をつかまれた光羽は難なく畳に這わされ、朝の薄明かりの中あらぬところを晒《さら》していた。

「よ、止《よ》してっ」

バタつかせた脚が、本気を見せた。

「分かった。悪戯《いたずら》はここまで」

「芸者は、今からお稽古なんです。踊りのお師匠《つしょ》さんに、男くさいなんて言われたくないんですってば」

「朝から稽古をいたすのか」

「お侍さまだって、朝稽古するじゃありませんか。芸者も同じです」

玄人《くろうと》である芸者は、素人の弟子に先を越されて稽古所で順番待ちをするわけにはいかない。だから早く行って済ませ、そのあと夕方の仕度までゆっくりするのだという。

武芸というのだったと、半四郎は今さらながら納得をした。

「となると、切火《きりび》をして送り出すのかな。お前さんを」

「あら。火打ち道具があるんですか、こちらには」

「今夜までに、用意しておこう」

「おやまぁ。泥棒を捕まえて、縄を綯《な》うってやつね。どうせ今夜は芸者でなく、大店《おおだな》の娘か、どこぞの後家さんでしょうに」

った。


「私は、色狂いではない」

「じゃさようなら」

深川芸者は素足のまま洒落《しやれ》た駒下駄を履くと、にっこり笑って出て行ってしまった。

雨は止《や》んでいた。

表戸は、開けっ放し……。

冬の風が、サッと入り込む。半四郎は、首をすくめた。

絹川《きぬがわ》半四郎重兼《しげかね》という数え五十二、正月を迎えたなら五十三になる侍だ。

が、禄を食《は》む武士ではない。

強《し》いて申すなら、剣術指南役となる。しかし、それを知る者は少なかった。

「半さまは、どこだかの元藩士で、とうに隠居の身なんですって」

「へぇ～、まだ若いのに隠居」

「若くなんか、ないんだってば。もう、五十よ」

「うそっ。どう見たって四十二《やく》にしか思えないわ……」

女どもの話は、いつものことである。

元藩士で隠居の身となれば、悠々自適の暮らしにちがいないと、町家の者は信じ込んだ。

なるほど、半四郎はここ両国回向院《えこういん》裏の松坂町に小体《こてい》な一軒家を構え、これといって困った様子をうかがわせない日々を営んでいる。

不思議なことに、女中ひとり置かなかった。

「そりゃそうだろう。幸四郎《こうしろう》ばりの二枚目にして、見るからに粋《いき》な姿《なり》だ。日ごと夜ごと、入替わるようにやってくる女どもが、飯を炊き、掃除に洗いもの、おまけに夜伽《よとぎ》までしてゆくのだから。婆さん女中なんぞ要らねえどころか、邪魔になる……」

近所の男どもが羨《うらや》むこと、しきりだった。

これに尾鰭《おひれ》がついた。

「聞けば若《わけ》ぇころ、浅草あたりで鳴らしていたらしい」

「鳴らすとは」

「無頼よ。あっちの賭場《とば》こっちの岡場所と、喧嘩三昧《ざんまい》だ。それも、人助け」

「じゃ、元藩士てぇのは」

「だからよ。藩士たる者が、町人を相手になんということだと叱られた。といって、追い出されはしなかった。絹川半四郎には隠居を命ずと、お殿様は情《じょう》を掛けたのよ」

「てえと、跡つぎとなる伜《せがれ》どのが藩の御役を務めているわけだ。けど、奥方さまのほうは」

「そこだよ。絹川家は、伜が継ぐ。ところが、奥方は目を吊り上げて怒ったな。放蕩《ほうとう》した揚げ句、四十になる前に隠居とは情けない。実家に申しわけがありませんと、帰《けえ》っちまったのよ……」

講談まがいの筋書きが、半四郎の知らないところで、まことしやかに創り上げられていた。

そんな噂話を女から寝物語に聞いた半四郎は、うなずくしかなかった。

正しくはないが、創りごとで町人が納得するのなら、放っておいたほうが万事うまく行くのだ。

創り話で当たっているのは、四十を前に隠居して伜が家を継いだことと、日替りのように女がやって来て身のまわりを世話してくれることである。

そのほかは、見当ちがいも甚《はなは》だしかった。

二

朝御飯の仕度が、できていた。芸者の光羽が、前の晩に作り置いてくれたものだ。

行平鍋《ゆきひらなべ》に味噌汁が一人前、これは火に掛ければよかった。冬だから飯は冷えてしまうが、味噌汁の中に入れて雑炊《ぞうすい》になさいと教えてくれた。

白菜の漬物に、大坂下りの塩昆布。どれも深川芸者の手作りである。

半四郎は火鉢の上に鍋を載《の》せて、熾火《おきび》に炭を足した。

煮えるまで、夜具を上げる。

女の残り香が、フッと立ち上がった。

たった今のことでも、遠い昔のように思えるのが別れたあとの記憶というものだ。

上げた蒲団を押入れにしまうと、匂袋《におぃぶくろ》を差入れた。

夜ごととはいわないが、次にやってくる女に別の女を感じ取ってほしくないのである。

ずるいのではない。半四郎流の、礼儀だった。

味噌の匂いがしてくると、たちまち日常が立ち返った。

言われたとおり、冷飯を鍋に落とす。固まりはすぐに解《ほど》けて、汁に馴染んだ。

その中に、光羽の顔と体が浮かんでくる。

柄杓《ひしゃく》で掻きまわす。が、女の姿かたちは消えない。一夜の契《ちぎ》りに、女が業《ごう》を重ねているようでもあった。

しかし、少しも鬱陶《うっとう》しく思えない。むしろ優しさを置いていってくれたようで、半四郎の顔は和《なご》んだ。

久しぶりの、ひとり朝めしとなっていた。

創り話ほどには、女はやって来るわけではなかった。多いときでも、十日に三度。月に二人というときもある。

半四郎の朝餉《あさげ》は、いつも近くの一膳めし屋と決まっていた。十年以上も通う店で、両国橋の東詰にあり、朝早い担ぎ商人たちの溜り場でもあった。

若夫婦が切盛《きりも》りする八州屋《はっしゅうや》と言い、半四郎は先代の老夫婦のときから通っている。

一日行かず翌日顔を出せば、若い女房のほうは決まって顔をそむけるのだ。

──昨日来なかったのは、女を引っ張り込んだからだわ……。

亭主のほうは、素知らぬふりをしてくれる。

女とは、厄介な生き物だ。自分の思いどおりにならないと、嫌な顔をしないまでも、嬉しそうにはしないものだった。

名僧高僧であっても、そうした女を御《ぎょ》すことはできない。となれば絹川半四郎をや、である。

もっとも、それだからこそ面白いのが女なのだ。

「女なんぞ面倒ゆえ、もうよい」

半四郎の同輩は、武士町人に限らずこう言って、男女の仲を避けはじめる者ばかりだった。

「絹川は、懲《こ》りぬと申すか」

「女に、か」

「捨てないでくれとか、ほかの女に手を出したら承知せぬとか、うるさいであろうに」

「横車を押してくる上役《うわやく》に比べれば、大したことはない」

かつての同僚武士には、こう切り返している。

一方の町人は、しきりと女の口説《くど》き方を半四郎に訊いてきた。

「半四郎さまの伝家の宝刀を、お聞かせ下さいませ」

「なんのことである」

「芸者なり後家さまを、いかなる口説《くぜつ》をもって落とすかでございます」

「強《し》いて申すなら、家に来てくれまいかと、そのまま」

「来てほしいと、単刀直入ですか」

さすが二枚目はちがうと舌を巻き、手前どもは一人暮らしではないしと、がっかりするものだった。

男女の色恋に、手練手管《てれんてくだ》は無用ではないか。それを必要とするのは、廓《くるわ》という客商売の中だけであろうと半四郎は思う。

銭かねを介在させない男女に、手段など邪魔でしかないのだが、なぜか世の男どもは商売ごとを真似ようとしているようだった。

寒い朝、顔も洗わず口にする温かい雑炊は美味《うま》いものである。

里芋、人参、大根、油揚げ、白胡麻、蒟蒻《こんにゃく》まで入って、山椒の香りが口の中に残った。

「芸者に料理上手はいないと聞くが、おるではないか……」

独り言をつぶやいて、白菜の漬け物を口に入れた。

柚子と塩の加減がよく、半四郎は思わず頰を弛《ゆる》めた。

顔を洗うのは、水が冷たいので嫌だ。

女を見送った朝は、とりわけ髪も乱れている。

一膳めしの八州屋へ行かない半四郎の朝は、髪結床《かみゆいどこ》へ足を向けることにしていた。

海老床《えびとこ》と暖簾《のれん》の下がる町内の床屋も、馴染みだった。

「いよっ、高麗屋《こうらいや》。今朝はまた、随分と早《はよ》うござんすね」

亭主の海助《うみすけ》が揶揄《からか》っても、半四郎は動じない。

「床屋の禿親仁《はげおやじ》どのには、髪のふっさりとした五十男の苦労など分かるまい」

「左様でございますな。いかがでしょうな、銀鼠《ぎんねず》のお髪《ぐし》を黒く染めるというのは。ぐっとお若くなりますですよ」

「若いことと、若く見せることは、似て非なるもの。上げ底を知られたなら、嫌われる」

いつもどおりにやってもらいたいと、半四郎は床屋の親仁に背を向けて腰を下ろした。

隠居とはいえ、武士であれば月代《さかやき》を剃るものだった。

武家では、家の者が月代を剃る。家長であっても父のは伜《せがれ》なり妻、同居の弟のこともある。

大事な頭を、下僕などには触わらせない。

ところが独り者には、月代を剃ることが難しすぎた。天辺《てっぺん》に近いと見えないばかりか、ときに傷をつけてしまうのだ。

はじめて町なかへ出たとき、恥をしのんで床屋の暖簾をくぐろうとした半四郎だが、意外なことに武士でも、町人の髪結床を贔屓《ひいき》にする者があることを知った。

「職人の腕は、痒《かゆ》いところにも手が届く」

「あわせて髪をととのえて、上質な鬢付《びんつけ》油を付けてくれると、堂々と一日を過ごせる気がいたします」

床屋で出会った侍から、こんな話を聞いたのも一度や二度ではなかった。

「絹川さま。今朝のお髪は、一戦まじえたあとのようでございますね」

「うむ。いささか、乱戦を呈《てい》してな」

親仁を相手にしての軽口は、いつものことである。

「であったなら、お髪をお相手にととのえていただけたのではありませんか。それとも、逃げられましたので」

「野暮用があるとかで、早々に出て行った」

海助は半四郎の元結を切ると、無言で櫛で梳《す》きはじめた。

床屋の亭主は、年が明ければ還暦。

自慢は赤穂浪士が討入った吉良上野介邸《やしき》が取壊されたすぐあと、海助の祖先が髪結床を開いたことだった。

討入りをした元禄の頃、本所松坂町は武家邸だった。吉良家が改易になると、主《あるじ》が殺された地に住もうとする武家はいないとの、幕府の判断である。町家にされた。

百三十年余もたった今は、名実ともに町家となっていた。

この海老床をはじめ、一膳めしの八州屋もあれば、湯屋もある。表長屋に裏長屋、材木問屋に質屋まであった。

町人ばかりが暮らす中に、絹川半四郎ひとりが侍である。

その住まいは質蔵《しちぐら》の脇に建ち、昔は離座敷となっていた家だった。

質屋の伊勢甚《いせじん》は、半四郎となんの関わりもない。隠居を命じられたとき、縁あって世話をしてくれた者がいた。

「吉良邸の跡ではあるが、塀もあるゆえ静かにすごせると思う」

顔見知りの、他藩の江戸留守居役だった。

もう十五年も前のことで、その留守居役はすでに亡くなっている。

三十七歳の藩士が隠居となるのは、不始末があったためと、町人でも知っていることだった。

絹川は恥じて世間に顔を出せまいと、案じてくれての住まい選びをしてくれたのだ。

ところが、半四郎本人にとって、絹川家を潰されることなく隠居になれたことは、望外の喜びとなっていた。

元藩士とはいえ、武家の立場では浪人同様となる。禄を食《は》んでいないので、身分を守ってはもらえないが、町人同様に動くことができるからだった。

ましてや百万人もが暮らす江戸の市中では、見知らぬ者ばかり。加えて、半四郎の姿かたちを見た町人は、お武家さまと敬《うやま》ってくれる。

威張りはしないが、浪人とちがって、なにかと融通が利いた。紛《まぎ》れることの楽しさは、すぐに分かった。

たとえば、料理屋に入る。立派な侍と見られるだけで、通される部屋から仲居の扱いまでちがってきた。

廊下で武士同士がすれちがっても、黙って挨拶を交すだけである。

そして茶屋に芸者を呼んだとき、はじめは胡散《うさん》くさく思われたが、半四郎の柔らかさは、すぐに女たちを虜《とりこ》にしてしまった。

「美男で、粋《いき》で、立派な上に、品があるんですもの。半さまは」

もてようとして、半四郎は気取ったことはない。勿体《もったい》ぶったところで、玄人《くろうと》女《おんな》はすぐに見破るものである。

総じて、武家社会より町人社会のほうが、格上のような気がした。

こうして髪をいじってもらうのも、職人ならではの腕前が、心地よくしてくれるものだった。

「絹川さま、髭《ひげ》もあたりましょうか」

「願おう」

重ねた蒲団のような物に背をあずけ、半四郎は目を閉じた。

髭を湿す湯が、人肌でなんとも嬉しい。

そういえば、昨夜の芸者光羽は唇を重ねたとき、髭が痛いと顔をしかめたと思い出した。

別段、半四郎の髭が濃いわけではないが、女によってはチクチクしていやというのも少なくない。

大名でもない限り、寝る前に髭を剃ってもらえる武士はいなかった。

——女を相手にするとき、髭の濃い男はどうするのだろう……。

うとうととして、半四郎は寝入ったようである。床屋の親仁に起こされ、ニヤリとされた。

「昨晩は大戦《おおいく》さとなり、お疲れだったようでございますね」

「明ければ、五十三。致仕方あるまい」

「なんの。絹川さまなれば、お孫さまと同《おな》い年のお子を授かりましょう」

「止《よ》せ。子などできては、倅どもになにを言われるか」

笑って海老床を出た。

通りがかった旅商人《たびあきんど》が、着流しに丸腰の中年が侍髷《さむらいまげ》を結っているのを見て、目を丸くした。

——役者が、こんなところにいる……。

去年、江戸の歌舞伎芝居の役者は浅草の裏手にまとめられ、そこに住むことに決められたばかりだった。

——こんな朝から、ということは川舟で両国まで下ってきたにちがいない。

旅商人は、そう考えたろう。

役者と決めつけられた半四郎だが、今ではどうでもよいことになっていた。

いつもの質蔵を見上げ、掛け金だけの木戸を開けると中に入った。

蔵は表の質屋とは塀を隔てた敷地の外にある。といっても、頑丈な扉ひとつでつながっていた。

浪士という賊に討入られた本所松坂町であれば、いつ狙われるか分からない。

だから蔵は近くても、塀の外にとの着想らしかった。

「賊は、銭かねと質物《しちもの》を狙うのです。なにも質屋の者を殺したくて、入って来やしませんです」

質屋の主人はそう言って、銭箱も日ごと蔵にしまうのだと教えてくれた。

半四郎を住まわせた理由の一つには、用心棒の意味合いもあった。

用心棒とは、なんとも大袈裟な曲《ま》が曲《ま》がしい役目だが、それなりの理由づけがなされていた。

絹川半四郎をと紹介した亡き留守居役は、隠居となった武士の太刀さばきを、十二分に知っていたからである。

念流《ねんりゅう》の奥許皆伝《おくゆるしかいでん》が、半四郎の肩書だった。

三百年も昔、京都室町に幕府があったころ、流儀をともなった剣術がいくつか生まれた。

その一つが、念流と呼ばれた流派である。江戸幕府になって、枝分かれを見たものの、その基本は変わらない。

なにを隠そう絹川半四郎は、その腕ゆえに国表《くにおもて》の藩士の列から外されたのだった。

腕が立つことは、讃《たた》えられる反面、そんなはずはないと身近な者に疑われるものでもある。

「免許の皆伝なんぞ、いい加減な形にすぎぬ。師を崇《あが》め、それなりの銭を積めば、手に入るものだ。話半分の腕前であろう」

疑いの大半は、これである。

遠江相良《さがら》藩江戸上屋敷家老格、これが十五年前の絹川半四郎重兼の、隠居した折の肩書だった。

が、絹川家は代々の家老格ではなく、藩の剣術指南役を兼ねて務めたことで、半四郎は出世を見たのである。

話はさらにその前、文化文政の昔となる——

三

半四郎は国表《くにおもて》の相良で、郡《こおり》奉行を務めていた。

領内を馬で駈けめぐりながら、収穫の多寡《たか》を見たり、諍《いさか》いを鎮めることが仕事だった。

城といっても相良藩一万石は陣屋でしかないが、その中にいることはあまりない。親の代からの郡奉行であれば、半四郎は仕事が空いているときの使い途《みち》を心得ていた。

藩内の山寺に、古流剣術を知る僧侶がいると父から聞いて通いはじめたのは、半四郎が十一歳のときである。

面白かった。まるで自分が牛若丸で、鞍馬山の修行をしているような気にさせられた。

本堂なり道場での稽古と異なり、林の中や、崖の途中、渓流に足を浸《ひた》しながらの実戦だった。

それも竹刀《しない》ではなく重い木剣を使う上に、組打ちと呼ぶ柔術や、居合、様斬《ためしぎ》りまで教えられたのである。

元服前の倅《せがれ》たちが出向く、藩主を前の御前稽古では、いつも半四郎が褒美をもらった。

それが二十歳となってからの藩士による御前試合でも、勝ちを納めつづけていた。

藩主の田沼玄蕃頭《げんばのかみ》が、藩の指南役と手合わせを致せと言ったとき、半四郎の父は喜び勇んで煽《あお》ってきた。

「おまえ、きっと本気を出すのだぞ」

「ご指南役を相手に、本気を出せと仰せですか。父上」

「わしだけではないぞ。藩の誰もが、絹川の倅が勝つと言うておる……」

二十歳となれば、半四郎には指南役の顔を潰してしまうことが分かった。

「ご指南役が負けるのではと、殿もご存じなのではありませんか」

「そこなのだ。殿とて、その噂を耳にしておられるはず。あえて、おまえを名指したのであろう。強い指南役をと」

半四郎が躊躇《ちゅうちょ》していると、父親はなにを悩んだのか食が細ってきた。

おどろいたのは、このときまだ四十五でしかない父が、突然に隠居を願い出たことだった。

届けはすぐに聞き入れられ、二十歳の半四郎に絹川家継嗣《けいし》のお鉢がまわってきた。

御前での立合いは、その直後と決まっている。

わざと負けてしまおうかと考えたが、半四郎は巧みに一本取られる技《わざ》を持ち合わせていなかった。

藩主の面前で嘘がばれたら、絹川の家が断絶となりかねない。

といって勝ちを納めてしまうことは、指南役が放逐されることになるが、これは後々にまで尾を引く厄介ごとを意味した。

流派とか一門とは、なんであれ信じ難く結束しているものだった。

師なり長老と呼ばれる人物が恥をかくことは、なにを措《お》いてもあってはならないのだ。

仇討ちに近いかたちで、一門の者たちは恥を雪《そそ》ぎにかかるものだった。

つまり、藩指南役を打ち負かした半四郎を、地の果てまで追ってくることになる。

正面切って他流試合を挑んでくるのならまだしも、ときに闇打ちまがいとなれば、藩士としての役目もおちおちできなくなるだろう。

半四郎は悄然《しょうぜん》とするばかりで、父親同様に食事を摂《と》れなくなっていた。

――このまま立合いに臨《のぞ》めば、力が入らず負けるにちがいない……。

当日の朝、父親が死んだ。

まるで知っていたかのように、藩主の使者が玄関に立った。

「殿よりの下達がござる。本日をもって、絹川半四郎を江戸詰とし、家老格並および上屋敷剣術指南役を兼帯すべしとの、お達しである」

「…………」

耳を疑った。

親の死と重なったことで、半四郎は自分が錯乱してしまったのではないかと問い直した。

「わたくしめが、江戸詰にとの仰せですか」

「左様。殿は、そなたの父御《てて ご》と謀《はか》り、指南役との手合せを仕組まれた――」

「なにゆえ、父が……」

「絹川半四郎の藩士としての器量を、確かめようとなされたのだ」

使者の話は詳細を極め、半四郎を呆然《ぼうぜん》とさせるに十分だった。

父親は癌《かく》の病に冒されて、寿命が尽きると悟った。嫡男となる半四郎はいるが、親として気に掛かることがあった。

剣術に長《た》けてしまったことで、天狗になりはしないかとの気掛かりである。

「が、心配は無用となった。ご藩主玄蕃頭さまは大いに喜悦され、江戸屋敷における重役を仰せつけたのだ。半四郎どの、そなたは江戸で四番手の家臣となる重き御役となりましたぞ」

「ということは、御前試合は元よりなかったのですか……」

「お父上の隠居願いは、最期を悟られての病ゆえ。藩指南役も、半四郎どのなれば江戸で剣の指南をと、承知なされておった」

半四郎が二十歳のときの、いまだ忘れ難い出来ごとになっていた。

四

そのまま何ごともなく江戸詰藩士でいたなら、絹川半四郎は隠居することなく、今も遠江相良藩の重役を務めていたろう。

青天の霹靂《へきれき》は、またもや半四郎の太刀さばきによってもたらされたのだった。

江戸には六十余州、三百に近い藩が屋敷を構え、藩士を抱えている。

五万石以上の藩であれば江戸に道場をもち、お抱えの剣術指南役が稽古をつけた。しかし、三万石以下の小藩は、出稽古に行かざるを得なかった。

大藩に縁のある支藩なら出向けたが、多くは町道場へ通うことになる。

藩士にしてみれば、嬉しくはない。

見ず知らずの者に手並を見られ、嘲《わら》われるときも少なくなかった。

次第に足が遠のいて、いつのまにか竹刀《しない》を取ったことのない藩士までが生まれた。

一万石の相良藩もまた、そうした江戸詰藩士がふえていたのである。

「絹川、下屋敷に道場をつくる。おまえがわが相良藩士を、鍛えて参れ」

半四郎を江戸指南役兼帯としたのは、藩主の田沼玄蕃頭の鶴の一声だった。

習い憶《おぼ》えた技を、江戸で役に立てられる。

それだけでも有難く、半四郎はふたつ返事で承《うけたまわ》った。

当初は、これが江戸の相良藩士かと呆《あき》れるほどに酷《ひど》い有様を見せた。

「左様な腰つきでは、町の無頼どもを相手にすらできまい」

「江戸侍とは、粋《いき》を旨とせねばならぬのです。絹川さま、武骨な田舎侍は浅葱裏《あさぎうら》と蔑《さげす》まれてはなりません」

腰抜け同様の若造が、浅葱裏を知らないのですかと、半四郎を上目づかいで笑った。

「あさぎと申すのは、なんである」

「着物の裏地に、浅黄木綿《あさぎもめん》を用いる者が多かった国表《くにおもて》の藩士を、江戸の町人が田舎侍と馬鹿にいたすのです」

「なにゆえ」

「貧乏くさいとか、野暮だとか」

「江戸者とは、無礼であるな」

「いいえ。江戸根生《ねお》いの武士までが、町人と一緒に田舎侍と嘲います」

「嘲われて黙っておるのか、貧しい小藩のおまえ方は」

「…………」

言い返すほどの器量にも欠ける藩士であるのは、見るまでもなかった。

半四郎は武骨を心掛けろと、弱腰の藩士たちに稽古をつけはじめた。

すぐに、音《ね》を上げた。しかし、手を弛《ゆる》めない。

これが玄蕃頭の知るところとなり、江戸家老格並の半四郎から、並の字が外されたのである。

理由は、絹川道場の名が知れ渡ってきたからだった。

「相良藩下屋敷に、剣豪道場あり」

心ある他藩の侍が、通ってくるまでになっていた。

弟子がふえることで各々《おのおの》の腕は上がり、道場そのものも盛ってきた。

「古い念流の使い手で、江戸家老格が道場主なのだから、町人がやって来ることもない」

侍が侍を呼ぶ。入門してみると、まだ若い師匠と分かる。ところが、顔に似あわず凄腕の剣士だ。

評判となったのは良かったが、これが将軍の耳に達したのは、半四郎が三十七となった春のことである。

「文政の御代《みよ》、武芸を忘れぬ陪臣《ばいしん》がおったとは。田沼玄蕃を、褒めて取らせ」

藩主に礼服が下賜《かし》され、半四郎は正式に家老格を拝命したのだった。

好事魔《こうじま》多《おお》し。

「絹川半四郎とやらの太刀筋を見たい」

将軍の台慮《たいりょ》が、江戸屋敷にもたらされたのである。

半四郎は訊ねた。

「居合の型を披露いたせば、よろしいのでしょうか」

「それがよいと思うが、念のため問い返しておく」

玄蕃頭は軽い気持ちで請けあった。が、翌日、眉を寄せた顔で半四郎を呼びつけた。

「上様の御前にて、立合えとの命である。相手は、徳川さま指南役ぞ」

「――――」

開いた口が、閉じられなかった。

よりによって、立合いの相手が柳生新陰流《やぎゅうしんかげりゅう》の師範だというのだ。

「いかに致そうか、絹川」

「殿の顔を、つぶすわけには参りません……」

出ないとなっては、田沼玄蕃頭の立場はなくなる。といって、出て負けを見るのも譜代大名家としては嬉しくない。

「絹川。勝てるかな」

「分かりかねます」

泰平の世となって二百余年、剣術は武士の嗜《たしな》みと化していた。

俗に無礼討ちという、百姓町人へ問答無用の抜刀が許される武士ではあったが、それらしい噂ひとつ聞かない江戸だった。

「大小を、差しておればよい」

幕臣や藩士、浪人にいたるまでがこの始末である。

やくざまがいの無頼者に殴られる侍が、あちこちにいた。

それを耳にしてのことか、将軍家斉の戯《たわむ》れか。いずれであっても、半四郎にも柳生家にも迷惑なことだった。

「絹川。柳生の宗家に話を通し、持《じ》になるようにするか」

「なりませぬ。瘠《や》せても徳川家の指南役。持などと申す引分け試合など、拒むでありましょう」

「と申して、おまえがわざと負けるのはな……」

かつて、この玄蕃頭と半四郎の父が謀《はか》ったときと同様、企《たく》みとはいつか白日の下に晒《さら》されるものである。

ましてや命じたのが将軍自身であれば、相良藩田沼家は改易の憂き目も見かねないのだ。

玄蕃頭は、安永と言った昔、全盛を誇った田沼意次の末裔《まつえい》である。

田沼家中興の祖だった意次は、老中を罷免《ひめん》されただけでなく、減封された上、城まで壊されているのであれば、将軍の上意とは思いつき以外のなにものもないことを、痛いほど知っていた。

「殿。この絹川半四郎、藩の威信を賭けて挑みます」

「うむ」

玄蕃頭はうなずいたものの、目を向けてこなかった。

勝てば田沼の名は立つが、柳生一族に終生追われるのではないか。できる藩士を失うことは、藩主にとって痛手となろう。

半四郎は藩主の顔が曇っただけで、有難いことと深く頭《こうべ》を垂れた。

江戸城での立合いは、半月後と決められた。

半四郎が江戸詰となって、十七年がたっていた。

妻女いよは国表の女で、嫡男の恭一郎《きょういちろう》を筆頭に江戸で四人の子が育っている。

「後顧《こうこ》の憂《うれ》いは、一つとしてない。私に万一のことがあっても、恭一郎を柱に絹川の家を頼むぞ」

突然の話に、家の者はみな狼狽《うろた》えた。

とりわけ十七になったばかりの恭一郎は、青ざめた。

「恭一郎。武士たる男が取り乱して、いかがいたす。元服をすぎたれば、一人前の藩士であろう」

「…………」

なにを問い返せばいいのか、嫡男はことばを口にできないでいた。

文武に長じる男親の庇護の下、誰からも侮《あなど》られずに江戸の暮らしを満喫しはじめた矢先だった。

父である半四郎は、ことのほか女にもてた。

腕が立つ藩の重役であるばかりか、色町に明るい粋《いき》な侍だった。

世にいう江戸詰の留守居役のように、他藩の武士と交流を深めるのではなく、相良藩江戸家老格の絹川半四郎は商家の連中と酒を汲み交していたのである。

「おい、恭一郎。神田の米問屋が、おまえを茶屋へ連れて参れと申しておった。行くか」

元服すぎたばかりの倅《せがれ》は、茶屋と葉茶屋《はぢやや》を同じと思い込んでいた。

茶屋へ上がると、芸者が一人ずつに付き、世辞半分でも一人前の侍として扱ってくれた。出されるのは茶ではなく、酒だった。

はじめての酒に酔えば、女が膝枕で寝かせてくれ、気づくと控えの小部屋に添い寝をしているのが、商人たちの茶屋あそびと教えられた。

絹川半四郎という男親は、江戸の商人たちから一目も二目も置かれていたのである。

その父が、表舞台から去りそうだと知れば、子どもが慌てるのも無理からぬことだった。

妻女のいよのほうは、武家の女らしさを見せた。

「貴方《あなた》が敗れるなら、それでもよいと覚悟はつけられます。しかし、勝ってしまうと、そうは参りません」

柳生に追われてしまうことも含め、藩主の田沼家に累《るい》は及ばなくても、実家に迷惑が掛かることを妻女は知っていた。

「去り状を、お書きねがいたく存じます」

いよは縁を切ってくれと、半四郎に言ってきた。

半四郎もそのほうがよかろうと、その場で一筆したためた。翌日には下の三人の子どもたちを連れ、妻女は出ていったのである。

江戸屋敷内の絹川家には、半四郎と恭一郎、下僕たちだけとなり、張りつめた日々がはじまった。

半四郎は、恭一郎をいかにして仕立て上げておくかに腐心した。

「よいか。藩士たる者は、市中のあれこれに気を配ることを旨といたせ」

「ご藩主のために、ですね。父上」

「少しちがう。田沼家のために、江戸という町場の変化を嗅ぎ取るのだ。今は申しても分かるまいが、多くの藩士は殿のご意向を第一とし、それをもって江戸城内なり、町人らの動向を見ようといたす。それでは、わが藩は取り残されてしまいかねぬ」

「これからは、町人が第一と申されるのですか」

「私が商人たちと付合うのも、それであった。分からなくともよいゆえ、町人との結びつきを大事にいたせ。世の中は、なにごとも町人からはじまるものと思え」

口を酸っぱく、伜に言いつづけた。

そして江戸城での御前試合の日となった。

五

広い中庭に、幔幕《まんまく》が張りめぐらされた中、太鼓の音が響いた。

江戸城中、能舞台の前に設《しつら》えた立合いの場である。

将軍は舞台の上から、立合いを眺めるかたちとなり、その左右と背後に幕府お歴々が控えた。

「上様御前、これより立合いの儀。双方、出《い》でませいっ」

甲走《かんばし》り気味の声が立ち、半四郎は下腹よりの丹田《たんでん》に力を込め、砂利を踏みしめるように幔幕の中へ入った。

位《くらい》を比べるなら、徳川家の指南役より下の半四郎である。先に進み出た。

能舞台へ向かって、一礼をした。

将軍の御座所には厚い座布団と脇息《きょうそく》があるのみで、まだ出座《しゅつざ》していない。

砂利の音が立ち、柳生の師範代があらわれた。同じように一礼すると、半四郎を見込んだ。

柳生は白地に金糸を織り込んだ紋付に襷《たすき》を掛け、仙台平《せんだいひら》の袴《はかま》は股立《ももだ》ちを取っている。

一方の半四郎の出立《いでた》ちは、黒紋付に襷と同じ仙台平の股立ちした袴。柳生と同じ白足袋《しろたび》だった。

ふたりとも、履物は履かない。

二名の大きなちがいは、柳生が白襷で半四郎が赤襷となっていることだ。

右手には木剣が握られているが、持っている感覚はなかった。

いささかの緊張があるものの、舞い上がるほどに鼓動は打っていなかった。

身を沈めるように腰を下ろしながら、将軍の出座を待っていた。

「上様、お成りぃ」

声がして、居あわせた誰もが頭を下げる。

徳川家斉は静かに座布団の上に立つと、小姓が裾を直すのを無用とばかり、一人で腰を下ろした。

半四郎は金糸銀糸の着物かと目を向けたが、存外に地味な濃碧《のうへき》の着物に対《つい》の羽織、黒と鼠色《ねずいろ》の仙台平の袴だった。

一つだけ、金の染紋が三ッ葉葵で、よく目立っていた。

「これより御前試合。双方、立ちませい」

言われるがまま、将軍に向かったまま立ち上がった。

「東、新陰流尾張徳川家指南代、柳生宗興《むねおき》。西、念流遠江相良藩指南、絹川半四郎」

相撲と同じく、東西で呼ばれた。

宗興は柳生宗家の傍流につながる剣術家で、尾張徳川家の剣術指南役をしていた。

指南ではなく指南代となっているのは、敗れたときのためである。

徳川は柳生新陰流を主としていたが、将軍家そのものに指南役を置いていなかった。

将棋でいうところの五将への稽古は無用で、代わりに御三家の雄となる尾張が柳生一門を抱えていた。

幕臣の多くが、この新陰流を第一と信じている。

負けるわけにはいかぬ。

能舞台で家斉に随《したが》う大半が、その面持《おももち》で宗興を見つめていた。

その目を受けてか、宗興は力んで見えた。

宗興は齢《よわい》三十二、長身の細面《ほそおもて》で、体じゅうが硬く筋ばって見える男だった。並の修行では作れない肉づき、揺れることのない瞳、眉間《みけん》の縦皺《たてじわ》。どこを取っても、稽古で鍛え上げた男そのものを見せていた。

一方の半四郎はと見れば、長身ながらも肉づきは柔らかそうで、顔つきは和《なご》んでいる。加えて美男となれば、三十七歳の藩士は力負けするだろうと、誰もが考えたにちがいなかった。

「六十二万石の尾張と、一万石の相良ということか……」

闘犬《とうけん》で負け犬を嚙《か》ますようなものと、幕臣の目が笑って見えた。

若い時分の半四郎だったなら、この日に発奮し、気負ってしまうことで力を出し切れなかったにちがいなかろう。

が、三十七になる江戸家老格の相良藩士は、あくまでも自然体をと心がけていられた。

勝ち負けにこだわらず、時の運と見切っていたのである。

「双方、腰を下ろして見合い、はじめっ」

言われるがまま、半四郎は立合いのかたちに入った。

宗興が先に立つのを、半四郎は見て立った。

「――――」

瞬《まばた》きを気づかせまいとする宗興だが、硬さが全身にあふれて見えた。

ともに青眼の構え、摺《す》り足のまま右へ少しずつまわるのは同じだった。

行事役だけが、微動だにせず東西を均《ひと》しく見る様が、半四郎には北斗七星の極星に思え、これを芯に動くことに決めた。

対する宗興は脇をきつく締め、どこからでも掛かって参れのかたちを取っていた。

宗興には、隙《すき》らしきところがない。

半四郎が打ち込めば、たちどころに返し技一本を取るだろう。

柳生と立合ったことのない半四郎にしてみるなら、かつてない強豪である相手にちがいなかった。

道場にやってくる武士には、柳生新陰流を信奉していた者もいた。が、手ほどきをしたくらいで、奥儀《おうぎ》を極めたわけではないと言っていた。

すなわち、柳生の手筋をまったく読めないでいた半四郎である。

動いているような、いないような。星が天空をまわるごとく、漫然とはしていないものの、実にゆっくり時はすぎていた。

このまま四半刻《しはんとき》、半刻、一刻とすぎてゆけば、持《じ》となって終わってくれるのではないか。

相良藩主の田沼玄蕃頭がそう願っている様子が、半四郎の脳裡《のうり》をよぎった。

刹那《せつな》である。

青眼に構えていた宗興の木剣が、わずかに前へ突き出された。

目で見たのではない。半四郎は宗興の足袋が砂利を摺ったのを、耳で捉えたのだ。

宗興の明らかな誘いに、危ういところで乗りそうになった。

ぐっと堪《こら》えた。

今ここで動いたら、確実に返し一本を取られただろう。

息が読みづらい。

呼吸を押え、息つぎを悟られまいとしていた。

相手もまた同じく、呼吸を知らせまいと息を殺して見えた。

「…………」

焦《じ》れて、先に手を出したほうが負ける。持久戦は、春とはいえ照りつける陽光の下、かなりの消耗をしはじめていた。

が、汗はかいていなかった。

武芸指南役とは、汗をかかないのをよしとする。

汗とは体感を、鈍《どん》にしてしまうものとされていた。二流の剣士の中には、水を摂るまいと心がける者もいた。

半四郎は、念流の師である山寺の老僧に教わっていた。

「水は、飲むべし。汗は、女《お》なごを相手に大いにかくべし」

元服したての半四郎だったが、師を心酔していたゆえ、言われるがままに師のことばを頭から信じた。そして、実践した。

初めてとなった筆おろしの相手は、隣家の年増《としま》女中だった。国表《くにおもて》の、城下でのことである。

思い出すにも、こそばゆい。

いまだに穴があったら入りたいほどの、大恥をかいた。

ピタリと構えた青眼をまったく揺らすことなく、半四郎は筆おろし一件の珍事を、ほんの一瞬甦《よみがえ》らせた。

「むっ」

隙と見た宗興が、痺れを切らしたわけでもなかろうが、打ち込んできた。

が、半四郎にとって隙ではなかった。体そのものは、しっかり反応できたのである。

躱《かわ》すと見せて、逆に半歩踏み込み、相手の太刀を横に打ち払う。

ブゥン。

木剣の太刀と太刀は触れることなく、互いに空を切った。

宗興は身を立て直し、太刀を右に立てる八双に構えた。

これに半四郎は、下段の構えで応じた。

八双の型は力を使うが、下段は小休止ができるのだ。

休むわけではないものの、持久戦となる限り半四郎は優位になれることになった。

「――――」

明らかに固まってしまった宗興は、八双のかたちのまま動けなくなったのである。

下段の構えは、逆袈裟《ぎやくけさ》という斬り上げが可能だ。

敵が打ち込むと同時に、下から跳ね上げ、そのまま鼻を斬り上げられた。

上段からの力のほうが強いが、身を躱すことにおいて融通が利くのは下段のほうだった。

木剣が空を切りあったとき、見物人は音にならない声を上げた。

ところが今、ふたたび静寂を見ていた。

腰を落としぎみに、半四郎が摺り寄って行く番となった。

砂利ひとつ分、ジリジリッと近づく。

宗興はわずかに身を反《そ》らせながら、半四郎の攻めを待っていた。

急《せ》いては、仕損ずる。

水に濡らした縄が、乾くに従って締めつけるように、じわりじわり……。

このまま近寄って行くなら、宗興はいずれ八双を上段の構えに移さなければならなくなるだろう。

実践の念流には、八双に対する下段があった。

型に終始していた柳生新陰流には、それがなかったのである。

が、そこに気づいた宗興は、斜めに鋭く斬り落としに来た。

た。

半四郎は左に躱し、降り下ろされた太刀筋と平行に、下段からの一撃を走らせた。

「いやぁ」

「────」

木剣の先が、なにかに触れた。

とはいうものの、技《わざ》あり一本に値するひと太刀ではなかった。

互いが一間《いっけん》の隔りで構え直すと、

「待て」

行事の声が、双方に離れるよう命じた。

宗興の傍《そば》に寄った行事が、手拭を出している。

見れば、宗興の顔面が朱に染まっていた。いや、染まりはじめた。

当初は血を拭くだけのようだったが、やがて吹き出る血を止めなければならなくなった。

半四郎の斬り上げが、宗興の鼻先を裂いていたのである。

実戦であれば、大したことのない疵《きず》だ。しかし、首から上の血は量をもたらす。

行事は分かっていても、知らない者は大けがと見るものだった。

血は止まらない。見物人たちは騒ぎだし、将軍に血など見せるなと、能舞台から下りて、砂利の上に立つ者まであらわれた。

「痛み分けといたします」

行事役は家斉に向かって片膝をつくと、声を上げた。

「大義である。褒めてとらせよ」

将軍のひと言に、周囲はひれ伏した。

家斉は退座し、多くの大名がつづいて行った。

いちばん最後に席を立ったのは、相良藩主の田沼玄蕃頭である。半四郎を見るとも見ずに、無表情のままに見えた。

開始してから、ほぼ半刻もたっていた。

六

形式の上では、引分けにちがいない。しかし、剣術をよく知らない武士は、誰もが半四郎が徳川柳生を敗《やぶ》ったと見たろう。

「あの血だ。柳生の負けぞ」

「つづけておったなら、一本を取られたにちがいあるまい」

「柳生も泰平の世に、胡座《あぐら》をかいておったということだ」

「それにしても小藩ながら、田沼家はなかなかの剣士を抱えたものだの。道場は今日の噂を聞きつけ、入りきれぬことになるだろう」

「知らぬのか、あの絹川とやらは相良藩江戸家老格ぞ……」

御前試合を見た者も聞いただけの者も、こうした噂を撒きちらしていた。

痛み分けとなったことで、相良藩にも柳生家同様に、褒美がもたらされた。が、重役連中は青くなった。

「絹川。素直に喜べぬ……」

家老の三浦大膳《たいぜん》が片眉を吊り上げて、褒美に下賜《かし》された礼服ひと揃えを横目で見つめた。

半四郎にも、その真意が分かった。

尾張徳川家の、面目を潰してしまったのである。

「このままで済むとは、思えませんな」

同じ江戸屋敷で、家老格となる井上越後が暗い目を向けてうなずいた。

ふたりとも、江戸では半四郎の上役《うわやく》であり、長老だった。

それだけではない。ともに田沼中興の祖となる意次の時代、豪商の番頭だった男の末裔《まつえい》である。

つまり、二代か三代前までは商人身分だったのだ。

田沼意次は軽輩の生まれから、大名に成り上がっている。当然のことながら、古くからの家臣がいなかった。

商人大切を主義として掲げた意次は、自藩の重役に腕のよい商人を武士として取り立てた。

三浦も井上も、その跡を継いだ子孫である。もちろん妻女は武家からだったが、人とりわけ上の者を忖度《そんたく》することにおいては抜きん出ていた。

「ご老中が、唐物《とうぶつ》の壺を好んでおられるらしいと聞いた。誰ぞ、出物《でもの》を選んで参れ」

「寺社奉行さまが次の大坂城代に昇進されるのだが、堂島の米問屋へ御祝の席を と先に手をまわしておかねば……」

上役にすり寄ることが、政《まつり》ごとの一歩と勘ちがいしてしまったのだ。

今回の御前試合など、わざと負けろと言ってきた二人である。それが勝ったとされれば、一大事どころか、改易をされかねないと言い出した。

「絹川が闇討ちに遭うのではなく、わが殿が赤穂浪士を真似た柳生一族から刃《やいば》を向けられるのだぞ」

井上越後は、太った腹を揺すって怖い目を向けてきた。

「吉良家がそうであったように、討ち手の狼藉《ろうぜき》であっても、主君を守れなかったことで改易の憂き目となった」

「私めに死ねと仰せですか」

「早まるな。切腹などされては、相良藩の傷じゃ」

瘠《や》せた首を鶴のように伸ばして、三浦大膳は言い募った。

「そなた絹川半四郎が、わが藩と無縁になるのがよい。幸い、絹川の伜《せがれ》も元服が済んでおる。どうだ、隠居を願い出るというのは。なに、その腕なら町道場で教えることもできるではないか……」

藩主の玄蕃頭のいないところで、重役ふたりに半四郎は押し切られてしまったのである。

詰め腹を切ったようだが、あとになって考えてみると、隠居は半四郎にとってよかったといえた。

根っからの商人は好きだったが、商人もどきの重役に辟易《へきえき》していたと気づいたからである。

倅の恭一郎には重荷となろうがと考えたとき、自身が若い頃そうだったように、江戸家老格より身分は下の、国表《くにおもて》での郡奉行格でと思いついた。

半四郎は玄蕃頭へ、隠居と倅の郡奉行格を願い出た。

「相分《あい》かった。絹川には、貧乏籤《くじ》を引かせてしまったな。この玄蕃、申しわけなく思うぞ」

「滅相《めっそう》もなきこと。殿が頭を下げては、なりませぬ」

願いは通った。

半四郎は翌日すぐ隠居となり、恭一郎は国表で郡奉行格として務めるべく帰国した。

半四郎の住まいが、松坂町の質屋伊勢甚の離れとなったのも、そうした経緯を知る他藩の重役の働きによる。

それだけではなかった。柳生を打ち負かした半四郎に、出稽古《でげいこ》という仕事が舞い込まれてきた。

「公儀《おかみ》には内緒で、わが藩の下屋敷に十日に一度、剣術を教えに来てはもらえぬか」

「うちは、中屋敷で願いたい。申しわけないが、月に一両ということで……」

譜代大名家が、三つ。外様が、二つ。

月に一両ずつ五家、合わせて五両もの大金が、半四郎を今まで以上に豊かにしたのだった。

十両あれば、二部屋ある表長屋に六人家族が一年暮らせるのだ。

それが年にざっと六十両、半四郎ひとりには過ぎたる額となった。

質屋は用心棒代わりでと言って、家賃を取らない。

朝晩は、一緒に朝を迎えた女が持ってくる。馴染みの一膳めし八州屋と海老床の月末《つきずえ》の払いなど、高《たか》が知れていた。

おまけに質屋の離れには、内湯がある。伊勢甚の奉公人が沸かしてくれ、これも有難かった。

寒い晩に湯屋へ出て行く必要はなく、夏など汗をかけば水風呂にも入れるのである。

結構づくめのその上に、夏の火に入る虫のごとく、手弁当で女が寄ってくるのだ。

鬱陶《うっとう》しい上役も部下もいない上、付合うのは気ごころの知れた町人ばかり。これを極楽といわずして、なんとしよう。

もう一つ付け加えるなら、着物まで選《よ》り取り見取りだった。

月ごとの実入りがよいのだからと、呉服を誂《あつら》えるつもりでいたとき、伊勢甚の番頭がやってきた。

「どうしても新しいのをと仰言《おっしゃ》るんでしたら別ですが、上物《じょうもの》でしたらうちの蔵にいくらもございますです」

大名家の質流れから、奢侈《しゃし》禁令に引っ掛かって所払《ところばら》いとなった豪商の箪笥《たんす》まるごとまで、家紋も揃っておりますと言った。

「なぜ上物が」

「ですから、お大名や大尽《だいじん》と言われても、台所は火の車なのでございます。絹川さまでしたら、寸法を合わせてお貸しいたしますと、うちの大女将《おおおかみ》が申しておりました」

衣食住が完璧な上、吉原という色里へも足を運ばずに済む暮らしがはじまったのだ。

残る気懸りは去り状を渡した妻女だったが、江戸城での御前試合が済んでも、

である。

というのも、柳生一門が家の者を人質に取りかねないとの憂《うれ》いがあったからである。

国表の郡奉行格となった恭一郎もまた、妻女いよの実家となる山岡の姓になっていた。

言うまでもないが、江戸という野に下りた半四郎は、この十五年あまりに七度《ななたび》、柳生の襲撃とおぼしき闇討ちを受けている。

半四郎は、七度とも受けて立ち、撃退していた。

が、ときに半四郎と一緒にいた者が危ない目に遭うこともあった。

茶屋で騒いで帰る晩、女と枕をともにした後の夜道、大川の渡し舟の中などである。

これればかりは、柳生宗家に書面で問いただしても返事はいつも同じだった。

「柳生家と関わりのない輩《やから》、あるいは破門とした者なれば、当家にはあずかり知らぬことである」

答はこれでしかなかったが、襲ってきた者の太刀筋は、明らかに柳生新陰流となっていた。

ほぼ二年ごとに、周到な計略を巡らせての闇討ちがあった。

今年は、その年にあたる。といって日がな一日、神経を研ぎ澄ませていては、半四郎のほうが参ってしまう。

「十五年も、極楽気分を満喫しておるのだ。今さら命惜しみをするものでもない初老だ」

半四郎はここに到達した。

しかし、一緒にいる町人だけは守らねばと、一人ではないとき、それなりの目配りだけするようにはしていた。

考えてみると、今朝の床屋で居眠ってしまった半四郎だった。

――あの折、海老床に刺客《しかく》があらわれたなら……。

殺《や》られてしまったかもしれないし、亭主の海助なり女房が巻き添えを食ったかもしれなかった。

にもかかわらず半四郎が自責の念にかられないのは、五十年余も生きてきたのだからという考えからである。

人間五十年とは、織田信長が好んだ幸若舞《こうわかまい》の一節だ。

信長はあの本能寺で、よくここまで来たものだと、おのれの一生に満足しながら死んだのではないか。

その先に想い描いていたことはあったろうが、天下びとであっても永遠の生《せい》などありはしない。

相良藩主田沼家の祖である意次もまた、罷免《ひめん》とされ逼塞《ひっそく》処分となったものの、二十年も天下びととして働いてきたことを誇ったにちがいなかろう。世の人は、意次が意気消沈して衰弱死したと勝手に囃《はや》し立てるが、半四郎は笑顔で死んだはずと信じていた。

一世を風靡《ふうび》するとは、そうしたものではないか。

天下など手にしなくとも、主君の仇を討った赤穂の浪士らや、天下の大泥棒の石川五右衛門たち名の知れた者から、名を出すのを憚《はばか》って春画を描いた絵師まで、みな北叟笑《ほくそえ》みながら死出の旅路についたような気がしてならない。

「死は、怖れるに足らず」

絹川半四郎が辿り着いた境地が、これだった。

二之章　柳生の襲撃

一

「お口、吸わせて」

今どきの女は、大胆な物言いをする。

人前ではなかったが、二階座敷に二人きりとなって、女は半四郎の顔に覆いかぶさってきた。

――断わるものでもない。

名をくに。料理屋の仲居で、この暮に武州岩槻《いわつき》から江戸に出てきたばかりの十八の女だった。

自分から口をと言いだすのであれば、未通女《おとめ》ではなかろう。

料理屋は、両国橋の西詰にあった。

半四郎が連れ帰ったのでも、料理屋の主人が客に付けと促《うなが》したのでもないはずである。

「今夜は早番だったので、もう帰っていいんです」

「くにさんと申したな。遅くなって家に帰るまでが、怖いか」

「いいえ」

女の毅然とした口調がいやらしい色を匂わせないところが、半四郎には好《この》もしく思えた。

五十年余も生きてきた色男である。若い女がなにを求めているか、察するのはわけもなかった。

返事もせず、料理屋を出た。仲居は無言であとにつづいてきた。

半四郎には珍しく、五ッ刻に一人で馴染みの料理屋に入った晩だった。ことのほか寒い日で、久しぶりに鍋でもと暖簾《のれん》をくぐったのである。

出てきた下足番の年寄りより早く、若い女が履物を揃えて棚にしまった。

「おくにちゃん。あたしの仕事だよ」

「新参者は、なんでもしないといけないって言われてます」

色は白くないが、襟足《えりあし》に色気を見せる仲居を、半四郎は思わず上から眺めていた。

「絹川《きぬがわ》さま。お目に止まりましたか」

「止《よ》してくれ。親仁《おやじ》どのに揶揄《からか》われては、立つ瀬がなくなるよ」

「立つの、立たないのと、あっちのほうの話でございますか」

下足番は半四郎の帯下《おびした》を見つめ、意味ありげに笑った。

「孫ほどの女《お》なご、爺さん武士なんぞ相手にされまい」

「ご冗談を。この両国界隈で知らぬ者なしの役者侍、女どもは放っておきませんでございますよ」

下足番は羨《うらや》ましげな目で、二階へどうぞと送り上げた。

二階の小部屋で、四畳半に炬燵《こたつ》が入っていた。

「ありがたい。鍋を頼む」

「お鍋は、いかようなものにいたしましょうか」

「鮟鱇《あんこう》を一つ願おう」

脂の乗ったというより、脂ぎった鮟鱇は体を温めてあまりある。が、精をつけるには打ってつけと、意地のわるい言いようをする者もいた。

炬燵の脇に箱型の七輪が置かれ、炭が入った。

味噌仕立ての出汁《だし》が注がれた丸い小鍋に、春菊、葱《ねぎ》、白菜、しらたき。そこへ鮟鱇の身と肝が乱暴にぶち込まれる。

この手荒さが、好きだった。

若い仲居は馴れていませんのでと言って、出汁《だし》を跳ねさせまいと気を遣っていたが、しまいには手づかみで投げ入れはじめた。

その前に、手拭を半四郎の膝に掛けてきたことで、嗜《たしな》みのある仲居が見えてきた。

四畳半、炬燵、鍋、若い女と二人きり。

お膳立ては、揃っている。

とはいえ、ここは色里ではない。手の一つでも握ろうかと考えた半四郎だったが、仲居の鍋づくりがあまりに真剣なので、銚子を重ねるしかなかった。

話すといっても、郷里《くに》のこと、親兄妹のことなどありきたりなものに終始した。

「どうかな、一緒に鍋を突つくか」

「滅相《めっそう》もないこって。見つかったら、叱られるどころか、お払い箱です」

「左様か」

取り付く島もなかった。

——五十すぎた年寄り侍など、相手にしたくないか……。

江戸に出てきたばかりの若い女には、男への夢があるにちがいないと、もっぱら玄人女《くろうとおんな》を相手にしてきた半四郎は、盃を手に向付《むこうず》けの肴《さかな》を口にするばかりとなった。

結果として、七合ばかりも空けてしまっていた。

酔ったわけではない。しかし、厠《かわや》へと立ち上がったとき、半四郎はわずかにふらついてしまった。

「お肩を」

仲居が体ごと半四郎の腕の下に入り込んできたのを、ありがたく受けることにした。

帰らなくてもいいのですと言ったのは、そのときである。

そして今、おくには口を求めてきた。

厚めの濡れた唇は、素人とは思えない濃厚さを見せ、半四郎をいたくおどろかせた。

素人女が口をというのは、半四郎には初めてのことだった。

廓《くるわ》の花魁《おいらん》が、間夫《まぶ》と決めた馴染み客に求めることとされているが、素人それも若い女がとなると話はちがってきた。

案の定、鮟鱇鍋と同じく荒っぽい。それだけに熱いものとなった。ウグウグと吸うばかりで、やさしいところのまったくない激しさは、初老の半四郎を妙な気にさせた。

女の安物の袷《あわせ》が、田舎じみた手ざわりを感じさせ、元服したてのころを思い出すのに十分だった。

あれから四十年ちかくがたつ――

二

国表《くにおもて》の遠江相良《さがら》の城下、半四郎はようやく前髪立《だ》ちから髷《まげ》を結《ゆ》える年頃になっていた。

家の者は、法事で菩提寺に行ってしまった。

半四郎が加わらなかったのは、風邪で寝ていたからである。

「大事なご先祖供養に、寝込むとはだらしない」

父に叱られても、どうすることもできなかった。

咳込みながら、頭を下げた。

一家あげての法事は、下僕や女中たちまで駆りだされ、邸《やしき》の中には半四郎ひとりが残されたのである。

正直をいえば、無理して寺へ行けないこともなかった。

元服して最初の仏事となれば、半四郎が正面に正座をさせられ、住持《じゅうじ》の有難そうな説教を長々と聞く羽目になるのだ。

正座が辛いのではなく、ありきたりの説教を有難そうに聞かなければならないのが、苦手だった。

子どもの半四郎に念流《ねんりゅう》を仕込んでいる和尚《おしょう》とちがい、菩提寺の僧侶はおためごかしの胡散《うさん》くささを漂わせる七十翁だった。

念流の和尚は、思ったままに生きよと教えてくれたが、菩提寺の坊主は、身勝手なふるまいを慎み父母《ちちはは》のことばに従えと口にした。

どちらが良い悪いではなく、思うようにと言ってくれた和尚が教える剣術で、半四郎は城下一の若武者になれたのだからである。

好きな生き方が、正しいとは思わない。今日は風邪も味方してくれたと、半四郎は蒲団の上に大の字となった。

心地よい春風が部屋を通ると、たちまち眠気に襲われていた。

人の声がして半四郎が縁側に出ると、隣家の女中おもよが立っていた。

「あれま、起きていいのかぇ」

「えっ」

半四郎は返答に困って、咳をしてみせた。

「いかんぞなもし、寝ておらんと」

おもよは遠慮することなく上がり込むと、半四郎を寝間《ねま》にいざなった。

隣家に奉公人として上がって十年の、働き者の女中である。

半四郎が居残っていると聞き、粥《かゆ》を炊いたと持って来たのだ。

「熱はまだ――」

言いながら、半四郎の額に手を当ててきた。

「よく分からんぞな」

手では分からないと、おもよが自分の額を重ね合わせてきたので、半四郎は仮病がばれてしまうと顔を横にした。

「女中だと思って、触わられるのを嫌うぞなもし」

「そんなことは、ない」

「ならば言うことを、聞くものぞな」

半四郎の頭を抱えたおもよは、診てやると顔を近づけてきた。

十五になった半四郎は、もう大人の顔と変わらない。目も鼻も、唇までもが女中と同じ位置にある。

ピタリと重なった額、鼻。そして吐く息が、顔に掛かった。

「もう治ったのか。そうでもないかの……」

若い男が、ひとまわりほど年上とはいえ、女が面と向かって引っついてくれば、熱くならないわけがない。

「寝ておらんと、あかんぞなもし」

体ごと押し倒してきたおもよの匂いに、半四郎は気が遠くなりそうになっていた。

知らないでいた女の香りに、酔ったのである。

決して、おもよが雌《めす》の匂いを立てたというのではなく、男児が勝手に雄《おす》と化したにすぎなかった。

が、雄は強かった。

重なったまま、夜具の上に横になっていた。

なにがなんだか分からず、息が上がる。

力一杯、しがみついていると、おもよは半四郎の寝巻を脱がせ、自身の帯を解きはじめた。

ところが強く抱きつくばかりの半四郎の体が邪魔をして、思うように帯が解けなかった。

「半四郎さま、そうではのうて……」

おもよの手が、半四郎の指先を下のほうへ導いた。

その先のことは、憶えているような、まちがって思い込んでいるか、今もはっきりしない。

呆気《あっけ》なかったのか、十分に堪能したものか。

われに返ったのは、家の者たちが寺から戻ったときである。

「なんですか、半四郎。お隣の女中さんに作っていただいたお粥に、手もつけんと」

「えっ。あ、粥です。そうでした。いただきます」

「冷めてますよ」

母はそう言って、女中に温《あたた》め直させた。

熱い粥をかっ込んで、舌を火傷《やけど》した半四郎だった。

おもよが気をわるくしないように、きれいに食べ尽くそうとしたのである。

その後、しばらくのあいだ隣家を見るのが息苦しかった。

隣家の主《あるじ》に、怒鳴り込まれるのではないか。おもよがやってきて、泣き出しはしないか。

やがて子を宿したなどと聞いたとき、おもよは井戸に身を投げてしまうかもと、半四郎は不安を募らせた。

ひと月もしないころ、おもよが実家へ帰ったとの噂が聞こえてきた。

「故郷《くに》の男のところへ嫁いだそうな。おもよさんも大年増《おおどしま》となっておったで、よかったぞなもし」

絹川家の下僕が言うのを、半四郎は聞き耳を澄ました。

半四郎とのことを恥じて、出ていったのではないか。子どもを宿したまま、意に添わない男の元へ嫁いだのではと、様々な思いが駈け巡った。

やがて分かった。おもよは後添《のちぞ》えとして嫁ぎ、子どもも宿していなかったと知れたことで、半四郎の若かりし時分の蹉跌《さてつ》は終了をみた。

三

――おもよは、とうに還暦をすぎたか……。

江戸詰となった半四郎のことを、風の便りに耳にしているかもしれないが、あの純情だった半四郎の今を見たら、笑うだろう。

「あの元服したてのお侍さまが、色狂いをなされましたのを、わたくしの所為《せい》だとでも仰言《おつしや》いますぞなもし」

きっとそう言うにちがいない。が、なんであれ、半四郎には山寺の和尚《おしよう》とおもよが大恩人なのである。

人をつくることとは、正しいことばを言ってくれるのではなく、体で教えてくれることにほかならない。

――とするなら、今。

料理屋の仲居を、半四郎は松坂町の家に連れ帰っていたのである。

半四郎は、くにという料理屋の仲居が早くも息を乱しているのを、冷めた目で見ていた。

「おくにさん。かような老人を相手に、若い身を投げ出すのはいかがなものか」

「お侍さまは田舎女が、お嫌いなのでしょうか」

「逆だ。こんなに素直で愛らしい女《お》などのが、爺さんなんぞと」

「知ってますです。絹川さまは江戸侍の鑑《かがみ》で、女なら誰もが抱いてほしいと願ってるって――」

「ただの噂でしかあるまい」

「いいえ。あたし、絹川さまを見たとたんに惚れてしまいました……」

女が縋《すが》りついてきて、半四郎は遠い昔をふたたび甦《よみがえ》らせた。

初めてのとき、半四郎もまた隣家の女中にしがみついた。

が、今度は半四郎のほうで、子種を放出することに気をつけなければならないのだ。

落ちついて女の帯を解き、乱暴に扱うまいと心して掛かった。

裸に剝《む》くと、おくには寒がりもせず身を晒《さら》した。

まだ田舎女の体つきは土くさく大胆で、汚れひとつない福よかさそのものだった。

弄《もてあそ》ぶつもりなどまったくない半四郎には、まぶしすぎる色を見せていた。

さて、どのようにと指を言わせたときである。

ガラッ。

表戸が大きな音を立て、人が上がり込んでくるのが分かった。

「――」

半四郎は一瞬、二年ごとに襲ってくる柳生の者かと、枕元の差料を手にした。

おくには首に腕をまわしたままだった。人がきたことに、気づいていないのである。

どうしたものかと迷ったところへ、

「出てお行き、田舎の小娘っ」

女の声である。

裸でいた小娘が目を剥いたことから、ひと味ちがった不穏な雰囲気になる。

「光羽《みつは》か」

深川芸者の吊り上がった眉が怒髪天《どはつてん》を衝《つ》く有り様で上がってくると、裸の仲居は仁王立ちとなって向き合った。

「田舎者の、どこがいけないのだべ」

おくには身に羽織る物のないままで、負けずに言い返した。

半四郎が襦袢《じゅばん》を掛けてやったが、おくには払い落としてしまった。

芸者も黙っていない。褄《つま》を取っていた着物を帯の下に挟むと、かたちのよいあごを上げた。

「ここは、お江戸なの。あんたみたいな小娘が、野暮を広めちゃいけないんだよ」

「あたしだって、十年も江戸の水に洗われたなら、おまえさまくらいにはなるべ」

「十年、あたしが年上だと」

「二十年だべか」

パンッ。

平手打ちが、小娘の頬を叩いたのを切っ掛けに、乱戦となった。

半四郎に手出しができないのは、今に限ったことではない。争いを止められたところで、後になって執念深さを見せられることを知っていたからである。

行灯《あんどん》の薄明かりの中、つかみあう髷《まげ》は崩れ、互いの引っかき傷はふえていった。

すると開けっ放しのままの表戸に、人影が横切ったのを半四郎は見逃さなかった。

「――」

刺客《しかく》。およそ二年ごとにあらわれる柳生一門の、手練《てだ》れか。

将軍を前にしての立合いで、明らかな勝ちを見た半四郎に、今もって柳生新陰流《やぎゅうしんかげりゅう》は恨みを抱いた。

もう十五年も前、そのことによって詰め腹を切るかたちで野に下った半四郎であるにも関わらず、新陰流を天下随一と信奉する門弟たちは、倒そうとやってくる。

しかし、倒せないままだった。

当初は立合った柳生宗興《むねおき》の高弟と名乗り、一対一の対決を申し出てくる剣客が二人、半年のあいだにやって来た。

受けて立つのが礼儀と、半四郎は板橋宿の外れ徳丸《とくまる》ヶ原《はら》で刃《やいば》を交えた。

木剣ではなく、二度とも真剣勝負である。

二人とも怒りが前面に出てしまい、力を出しきれないまま、半四郎の足下に倒れてしまった。

これで諦めたものと安堵した二年ばかり後、柳生一門の名で果《は》た し状が投げ込まれた。

同じ徳丸ヶ原に出向いてみると、若い三人組が鉢巻姿で待っていた。

「一人ずつ、お相手を願いたい」

今度は木剣だった。

まるで道場稽古である。

師匠に弟子たちが順次打ち掛かってくるような姿は、半四郎にとって清々《すがすが》しい気持ちをもたらせた。

が、やがて若い三人は、激しはじめた。

「やぁっ」

掛け声が悲壮を帯びた甲高《かんだか》いものになり、とうとう一斉に向かってきたのだった。

これまた冷静さを欠いて、半四郎に打ち負かされたのである。

主君の仇をと意気込んだことが敗着をみたわけだが、一門の執念だけはさらに燃え盛ってきた。

柳生を名乗ることなく、闇討ちを仕掛けだしたのだった。

太刀筋を見れば、新陰流の者と分かる。

決まって夜半。大川端であったり、市中の火除地《ひよけち》や、あるときは成田不動尊への帰りとなる街道でのこともあった。

ほぼ二年ごとに計画を練り、それなりの剣士を選んでの襲撃と思えたのは構えで知れた。

しかし、半四郎の住まいにまでやって来たのは、初めてである。それも女がふたりもいるところに、敵はあらわれた。

女たちの争いは、つづいていた。髪をふり乱し、太腿《ふともも》まであらわにして取っ組みあっている。

ここに踏み込まれては、どうすることもできない。

半四郎は大小を携《たずさ》え、表口と反対側の庭に出た。素足が冷たい年の瀬であることを改めて思った。

案の定、庭にも半四郎を逃すまいと、敵がふたり待ち構えている。

淡い月あかりが、抜き放った白刃を映し出した。

半四郎は太刀に挿《さ》してある小柄《こづか》を外すと、まっすぐに投げた。

「うっ」

誤またず、狙いすました一人の喉元に、突き刺さった。

寝静まった夜であれば、倒された者の呻《うめ》きは、表口の敵にも聞こえる。

いくつかの足音が、庭へまわり込んで来た。

合わせて四人、半四郎を取り囲んだ。

八双に構える者、上段に、あるいは青眼でと、各々《おのおの》が異なった構えを取っている。

これも考え抜いた戦法なのだろう。半四郎の目を攪乱《かくらん》しようとのことらしい。

そのとき、

「ひぃっ」

「きっ」

家の中から、女たちの叫びが聞こえた。

「――」

囲んでいる男たちも、半四郎も、頭を巡らせる。

人質に使える。

人質に取られてしまう。

刃を交える前にすべきことが、あったのだ。

先に走ったのは、敵だった。

濡縁《ぬれえん》に駈け上がり、家の中へ土足で入り込んだ。

半四郎に投げる小柄はなかったが、脇差は残っていた。

帯ひとつしていない襦袢姿の半四郎は、大小ふたつを二刀流にして使うつもりだった。

が、そんなことはしていられず、脇差を抜きざま投げつけた。

寒さが手元をわずかに狂わせ、一人の足元を突いただけだった。

「ひゃぁっ」

「あ、あれぇ」

女ふたりが上げる悲鳴が、男どもに捕まってしまったと言っていた。

「絹川。女から先に、血祭りにいたすっ」

それがいやなら打たれるがよいと、女の腕をねじり上げた。

おくにも、光羽も、なにが起きているのか分からないまま目を白黒させ、手足をバタつかせていた。

武家女なら、斬り刻まれることを毅然と選ぶだろう。しかし、ふたりは町家の芸者と、百姓あがりの仲居でしかなかった。

命惜しみをしないと決めていた半四郎は、女たちを逃す代わりに討たれるほかないと、おのれの太刀を放ったのである。

「潔《いさぎよ》いぞ、絹川。武士の鑑と、ふれまわってやろう」

笑いながら、女ふたりを蹴るように庭へ転がり落とした。

刹那《せつな》のことだった。

「火事よっ。火事ですよぉっ」

光羽が声を限りに叫んだ。

おくにも負けじと、声を張り上げた。

「大変だ。火事ですよ、火がまわってる。火事だぁ～～」

江戸の華は、冬の火事。

ふつうは地震、雷、火事とつづくものだが、江戸では雷と順が入れ替わっていた。なにをおいても、逃げなければならないのが、火事だった。

たちまち人声が立ち上がり、どの家でも雨戸が開けられ、大勢が出てきた。

火の手が見えなくても、火事だ起きろと騒ぎだす。

蔵を命とする質屋は、奉公人たちが飛んできた。

その庭に半四郎や女ばかりか、侍らしい男たちまでが出ている。

「絹川さま、お逃げなさいまし。みなさんも両国橋のほうへ、落ちあう先は回向《えこう》院《いん》でございますよっ」

表口も裏木戸も開け放たれ、入ってくる者、出てゆく者。誰もが右往左往しはじめた。

こんな場で、斬り合いのできるはずはなかった。

顔を覆うようにして、襲ってきた連中は、喉を突かれて倒れた者と足をけがした者を抱え、出ていったのである。

「………」

隣近所ばかりか、町火消までが、首をかしげた。

「火は、どこだ」

「どこにも見えませんぜ」

土蔵の屋根に上がった火消の声に、居あわせた全員が胸をなでおろした。

「いやその、見まちがえたような」

半四郎は頭をかいた。火事と騒いだことにではなく、女がふたりもいたからである。

「よろしいのですよ、絹川さま。小火《ぼや》ひとつなけりゃ、嘘であっていい。いざという場合の稽古になったではありませんか、へへっ」

伊勢甚《いせじん》の番頭小平《こへい》は、笑いながら手を顔の前でふった。

芸者も仲居も殊勝な様子で、崩れた髪に手をやったり、乱れた裾を直していた。

「さぁさ、家に入りましょう。とんだ騒ぎで、風邪をひいては馬鹿をみる。よかった、よかった……」

小平のことばに、あつまった者たちは三々五々散っていった。

半四郎は女ふたりを家に入れ、両手をついて礼を口にした。

「天晴《あっぱ》れな、まことに見事な当意即妙にして臨機応変ぶり。絹川半四郎、頭を下げる」

「芸者のお姐《ねえ》さんが言い出したので、あたしはなにも考えてません」

「いいえ、声が大きかったのは小娘さんですもの。あたしは怖くなって、思わず火事だと口が突いて出ただけ」

女ふたりは昔からの友だちであるかのように、手を取りあった。

つい先刻、男を取りあって大立ちまわりまでしたとは思えない、女の豹変ぶりだった。

「でも、おどろいた。抜き身をかざして、脅かしてきたのですからね」

仲居のおくにが、なんだったのかと首をかしげた。

「あれも、剣術の稽古でな。いきなり襲うというやつさ……」

「そうですか。さすが、お大名家ご指南役の半さま。いろいろなお稽古があるんですねぇ」

光羽はしきりと感心をした。

いずれにせよ、敵はしばらく半四郎の住まいを襲ってはこないだろう。町なかで火事と騒がれては、人が大勢あつまることになる。仇討ちの許状もない果し合いはご法度で、役人が検分をしに来るからだった。

おくにと光羽は、いつのまにか睦まじく髪を梳《す》きあっていた。

泥に汚れた足を拭くと、仲良く一つ蒲団に入ったのである。

「半さま、ここへ……」

女ふたりのあいだが空けられ、川の字で寝ようということらしい。

「贅沢にすぎる。私も足を拭かねば」

雑巾を手に、泥だらけの足をと半四郎がすわると、女ふたりは左右の足を取り、ていねいに拭きはじめた。

廓《くるわ》という色里では、どれほど銭を積んでも花魁《おいらん》がふたり褥《しとね》に就くことはない。ところが今、五十男の半四郎は将軍なみの栄華に浴しているのだ。

——床に就いてから、どうしたものか。

均等に抱くことができるとは、考えられなかった。

手を握るだけ、あるいは足を絡ませるくらいか。それとも、指先で左右同時に慰められるかと、つい今まで死地を彷徨《さまよ》ったことを忘れるほどに舞い上がっていた。

「どれ、私も入れていただこうか」

ひと組の夜具に三人とは、いかになんでも狭すぎた。

年の瀬、寒い晩である。

おどろくなかれ、ふたりの女は素っ裸になって、半四郎の左右に取りついてきた。

「――――」

寒くないのだ。なにも身に着けないことで、体がよけいな熱を持ってくる。

隙なく身を寄せればもっと温かいのですと、半四郎も全裸に剝かれてしまった。

上方《かみがた》の色里に、雑魚寝《ざこね》と呼ぶ遊びがある。

馴染みの男客と、芸者や半玉《はんぎょく》の若い妓《おんな》たちが、部屋に敷きつめた夜具へ寝ころぶのだ。

多くは男が三人くらいで、女たちが六人か七人。といっても、酒池肉林をはじめようというのではなく、大人しく眠るのが決まりとなっていた。気の合う男女が足で触れあうことがあっても、重なってはいけなかった。もちろん、裸にもならない。

これで一晩、してみたいのを堪《こら》えるのが、遊びの奥義《おうぎ》とされた。

半四郎が、やったことはなかった。

今夜、この雑魚寝では、自分ひとりだ。

左に玄人《くろうと》の色年増《いろどしま》、右に素人の十八娘。悩ましいこと、この上ない仕儀となっていた。

年の瀬の夜中、裸の男女が三人で一つ夜具にくるまっている。

中に挟《はさ》まれた半四郎は、手の置きどころに困った。

どちらかに片寄ることができず、真上を向いたまま寝た。

腰骨のあたりにサワサワと触れてくるのは、女の毛である。寒いのだからと、両腿で半四郎の脚は左右同時に挟みつけられていた。

行灯の火は消えて、暗闇となっていた。目が利かないと、耳や鼻、とりわけ肌は敏感になった。

サワサワが、しっとりとしはじめたのは、右の女が先だった。仲居のおくにのほうである。

息が鼻から口となり、喘《あえ》いでいるのが知れた。

左の女は触発されたらしく、熱い吐息に変わってきた。

半四郎の手は、行き場のなかった胸の上から、今は女たちの腰のあたりへ動きはじめた。

尻がモゾモゾと動きだし、しっとりとしていたあたりが、ジュクジュクと音を立てそうな気配となった。

伸びてきた手は左からで、半四郎の男を握りしめた。

馴れた手さばきが、男をしごく……。

元服なったばかりの半四郎が味わったのと同様の、瞬時の放出が夜具の中に撒きちらされていた。

四

あくる朝、半四郎が目を覚ましたときはもう、女はふたりともいなかった。

朝餉《あさげ》の仕度もなく、冷え込む朝である。

――そういえば……。

あわてて夜具をめくった半四郎だが、汚したところが拭き清められていたばかりか、男そのものまで洗われてあった。

洗われてあったのではなく、舐め清められていたことに気づけなかった半四郎である。

なんとも不思議な晩であったと、思い返した。

一から十まで、女に救われたのだった。

「男とは、ずっと子どものままなのかもしれぬ……」

今さらながらの、感懐となった。

腹が空いた。両国橋東詰の八州屋《はっしゅうや》へ、羽織を重ね着して向かう。

一膳めしとある提灯《ちょうちん》が、寒そうに揺れていた。

大川沿いであれば、川風はことのほか冷たい。が、中に入ると、旨そうな匂いの湯気に包まれた。

「いらっしゃい。あら、絹川さま、今朝は遅いのですね」

若い女房おみよの明るい声が、寒さを吹き飛ばした。

「齢を重ねると眠りが浅くなるとは、でたらめのようだな。五十男の、寝坊だよ」

　嘘っぽい欠伸《あくび》は、見破られてしまうのが、江戸という町だった。

「どうせまた、どこぞのお姐《ねえ》さんが離してくれなかったのでございましょ」

「亭主もちの女房どのが、妬《や》くか」

「まさか。一膳めし屋の女が、心学《しんがく》を説いてさしあげているのです。善なる心を修めるのが、世のため人のためとなるのですから」

「風紀を乱しているのが、この私というわけだ」

「ご存じないいんですか、ご老中越前守さまの改革を。贅沢はいけない、おこないは清く正しくしなければならないのです」

　まだ二十二の女房は、半四郎にとって江戸の町人女の雛型《ひながた》となっていた。芝居では誰が人気役者で、評判の見世物《みせもの》はなに、売れ筋の小間物《こまもの》から流行《はや》りの着物まで、なんでも知っていたし、それをよしとする女だった。

　当然ながら、公儀《おかみ》の下達をいち早く知り、それに疑いをもつことなく従う町人の鑑《かがみ》ともなっていた。

　下ぶくれの色白美人といえそうな顔だちで、なにより笑顔を絶やさないところは、亭主の味付け以上に客をふやしている。

ところが、妙に潔癖というか、道に外れたことを嫌った。

「少しは了見を、寛《ひろ》くもつがいいじゃないか。おまえのようにあれも駄目、これもいけないとしちゃ、固苦しくていけねえ」

亭主が口を尖らせると、江戸の女らしく言い募った。

「そんなことだから、世の中が乱れるんでしょうに。博打《ばくち》がなくなり、お女郎さんの売り買いがされず、お酒もお祝いのときしか呑まない江戸になったら、泰平になるの」

言い切った。

水野越前守忠邦の改革に、おみよは諸手《もろて》を挙げて賛同する町人の代表格となっていた。

ゆえに隠居の初老武士など、侍でなければ店の敷居を跨がせてくれなかったにちがいない。

「絹川さまは奥様がいらっしゃらないからなのでしょうけど、女を弄《もてあそ》んでいるのよ」

面と向かって口にしないだけで、陰ではこう言っていると聞いている。

店奥に腰を下ろした半四郎に、熱々のおでんが運ばれてきた。

丼の中の、大根、里芋、練りもの、半ぺん、蒟蒻《こんにゃく》、昆布。花型に切った人参は、愛嬌《あいきょう》があった。

これに茶めしが付き、練った辛子が添えられていた。

冬の贅沢を、朝から堪能する日となった。

「絹川さま、昨夜は大変だったのでございましょう」

「ん。いやなに、それほどでも……」

八州屋のおみよならば、知らないことはないのだ。今朝、女がふたり出てきたのを、聞き知っている……。

「でも、小火《ぼや》ひとつなかったのは、よかったじゃありませんか。伊勢甚さんも蔵の質物が気掛かりで、早速に土蔵の目塗りをと、朝早くから左官屋さんに」

「火事だったのだ。私も慌てたが、拍子抜けしてしまった……」

余計なことは口にできない。八州屋の女房は、ときに鎌を掛けてくるに決まっている。

一膳めし屋夫婦に、子どもはまだない。亭主の善七《ぜんしち》の両親が、三年前まで八州屋を切盛《きりも》りしていた。

相州三浦に引きこもったのは、男親の中風ゆえである。味はそのまま、おみよの明るさが馴染客だけの店を拡げたことになった。

「どこかに働き者の女中さん、いませんでしょうかね、絹川さま」

川向こう両国に、料理屋の仲居でおくにというのがいると、つぶやきそうになったのを堪《こら》えた。

危ない、危ない。

話がまとまってしまったら、半四郎は両国界隈にいられなくなるだろう。

伊勢甚がどれほど大店《おおだな》であっても、嫌われる質屋である。愛想のいい一膳めし屋のほうが、町人は肩をもつものだった。

おでん茶めしを食べながら、半四郎は老中首座の改革に思いを馳せた。

ちょうど一年前の暮、江戸南町奉行に鳥居甲斐守耀蔵《ようぞう》という大身の旗本がすわった。

俗に、妖怪。耀蔵の甲斐守からだが、やることなすこと奇っ怪を見せた。

とにもかくにも、徹底を心がけることで、就任当初から小伝馬町の牢が満杯となったのだ。

切っ掛けは鳥居耀蔵が、江戸城本丸目付役だったときの、三年前に遡《さかのぼ》る。

六十余州各所の沖合に、異国船が出没をした。これを異人による侵略の一歩と見なし、排斥を決めた幕府だった。

オランダと清国、朝鮮のほかとは通商しないことを、国是《こくぜ》としてきたわが国である。

無二念《むにねん》打払令と称し、長崎以外の地への寄港を追い払った。が、蝦夷地などでは上陸までされていた。

江戸城中では、強硬論が主流を占めた。その筆頭が、鳥居耀蔵とされた。

世に蛮社《ばんしや》の獄《ごく》と呼ばれる大弾圧事件が、蘭学者たちを震撼《しんかん》させた。異国を精査することなく受入れる洋学好きは、けしからんとの理屈である。

渡辺崋山という名だたる絵師であり三河田原藩江戸家老が捕縛《ほばく》され、数名の蘭学者がお縄となった。

一罰百戒《いちばつひやつかい》でしかなかったのが、六十余州すべての蘭学者や蘭方医が青くなり、なりを潜《ひそ》めた。

その弾圧をした幕臣が、町奉行として登場したのである。誰もが、決めごとから食《は》み出ることを躊躇《ちゆうちよ》したのはいうまでもない。

加えて町方の役人や目明かしが、虎の威を借る狐となっていた。

「風紀が乱れて仕方ねえ」

贅沢な着物というだけで番所に引っ立てられ、政《まつり》ごとを批判したと瓦版や戯作者、寄席の芸人までもがしょっ引かれた。

「だから言わないことじゃないでしょうに」

八州屋のおみよは、あごを上げたのである。

が、半四郎が思いを馳せていた改革は、そうした瑣末《さまつ》なところにはなかった。

一つには、徳川幕府の頑迷さ。二つ目には、渡辺崋山の亡きあとの始末である。

半四郎の聞く限り、町奉行となった鳥居耀蔵は蘭学嫌いでもなかったし、町なかの蘭方医を捕えるつもりもはないようだった。

ところが、厳しく取締ることが町奉行の耀蔵を喜ばせると信じた町方たちを、あらぬほうへ暴走させたのだ。

「朱子学以外は、異学として禁じられているじゃねえか」

目明しはこう脅して、蘭方医から銭を巻き上げた。

世の中は、おかしな方向へ動いていた。

そして渡辺崋山である。

文人にして譜代大名家の重臣は、蘭学好きとされる者と交流していた。国表《くにおもて》の三河田原は、半四郎の国表となる遠江相良の近くでもあった。

年齢も近く、田原に秀才ありと耳にしていた。

ただし崋山が洋学と蘭学者を好んだから捕縛されたのではなく、幕府ご政道を批判した書を出したからである。それも名目は、常陸沖の無人島への無断渡航という他愛ない理屈がつけられた。

しかし、幽閉後の去年、崋山は国表で自らの命を絶った。

柳生一門に恨まれる半四郎同様、渡辺崋山を慕っていた者たちが町奉行を襲うのではと考えられた。

心ある開明派の武士が、赤穂の浪士たちを忠君の鑑《かがみ》と秘かに泉岳寺《せんがくじ》を訪れていると聞いた。町人は、忠臣蔵を人としての道と称えている。つまり、仇討ちがあれば手助けを惜しまないのだ。

南町奉行が襲われる。町奉行所に火が放たれる。

それをよしとする風潮を、半四郎は感じていた。

これだけは阻止しなければならなかった。

江戸という幕府お膝元が混乱を見れば、異国は黒船を大挙襲来させ、この国を乗っ取ってしまうのではないか。

——清国が、エゲレスに、阿片《あへん》の戦《いくさ》でやられたように……。

半四郎の持つ箸の手が止まった。

「改革なんぞ、しているときではない」

思わず、芋を突き刺していた。

五

質店伊勢甚の番頭小平が、昨日はとんだ騒ぎになりましてと、半四郎のところへやってきたのは、八州屋の朝めしを食べ終えて帰ったときである。

「昨晩の、騒ぎ。いや、済まぬことをした」

「えっ。絹川さまが謝まる話ではございませんです」

火事と叫んだのは、半四郎の家にいた女ふたりだった。が、その一件ではないようだ。

小柄で瘠《や》せぎすの小平の背後に、二十をいくつかすぎた眉の濃い男が、殊勝に縮こまっていた。

無精髭《ぶしょうひげ》がむさくるしく、やがて迎える大晦日の掛取《かけと》りに払う銭がないので、質屋へ来たものの相手にされなかったと見た。

「昨日の騒ぎと申したのは、あたしの後ろにいるこの男のことでして……」

体の頑丈そうな無精髭が進み出て頭を下げると、小平は顔をしかめた。

「湯に入ってから来させるべきでしたが、見かけに似合わずせっかちなのでございます」

「どうか、よろしく願います。一之介《いちのすけ》と申します」

「いちのすけ……」

「絹川さまもお気づきでしょう。町人の名にしちゃ、いささか大仰《おおぎょう》に聞こえますのは、この男の父御《てて ご》は武州八王子の侍だったそうです。もっとも、眉唾《まゆつば》かもしれませんがね」

小平が揶揄《からか》うと、男は口を尖らせた。

江戸に限らず、芸者や、料理屋の仲居、旅籠の女中を孕《はら》ませてしまう武士がときにいた。

たいがいは旅の恥はかき捨てと、逃げてしまう。女のほうにしても、中条流なんぞという怪しい堕胎の施術によって、命を落とすことを知っていたから産んでしまう。

男親が何者であったか、そんなことはどうでもよかった。

父《てて》なし子など、掃いて捨てるほどいたのだ。

「侍の子と申すのは分かったが、私へ何用があってか」

「なにを隠しましょう一之介は今朝、小伝馬町から放免になったのです」

「小伝馬町から放免とは、罪科《つみとが》を犯したゆえか」

「別段、大それたことをしでかしたんじゃねえです。公儀《おかみ》の改革だがの網に、引っ掛かっちまいまして――」

一之介は、わるいことはしていないと目を向けてきた。

半四郎が見ても、目の奥は澄んで見えた。

「せっかちな一之介に話させると、ややこしくなりますので、あたしが手短に申します」

小平は、一之介との関わりから話しはじめた。

質屋の常連客が、一之介だった。名は体をあらわすのか、礼儀正しい男と、小平は一目置いた。

「藍染職人が、この男の仕事でございます」

出してきた一之介の手は、爪のまわりが青黒かった。

「そりゃもう生真面目な職人でして、あたしも染めを頼んでおりました。でも、この野郎は三日前、お払い箱となりましたのです」

三日前のことは自分で話すと、一之介は質屋の番頭の袖を引いた……。

二十一にもなる一之介だが、女を知らないでいた。

「おまえはお侍の子なのだ。奉公に上がったら、最後まで忠義を尽くすんだよ。曲がったことはいけないと肝に銘じなさい」

女親のことばに送り出され、一之介は根津の藍染屋の小僧となった。十二の春である。

よく働いた。腕も上がり、十九のときには一人前の職人と認められた。

「いずれは暖簾《のれんわ》分け、というか娘婿《むすめむこ》となっておくれでないか」

藍染屋の主人に言われ、一之介は懸命に働いた。

が、世の中は思いどおりにはならない。

家つき娘が突然いなくなった。旅役者の男と出奔《しゅつぽん》してしまったのである。

一之介は、ぐれた。

呑めない酒を浴びて、同じ根津の色見世《いろみせ》に吸われるように入った。官許の廓《くるわ》ではなく、いうところの岡場所で、無許可の私娼窟《ししょうくつ》である。

暖簾をくぐってすぐだった。警動《けいど》に踏み込まれた。

警動とは町奉行所による一斉手入れで、前ぶれのない摘発をいう。天保の改革のさなかであれば、いつも以上に厳しい召捕りとなった。

岡場所の主《あるじ》から、女郎はもちろん、男衆《おとこし》や遣り手の婆さん、そして客の全員が縄を打たれてしまったのである。

敷居をまたいだばかりの一之介も、小伝馬町の牢へ送り込まれたのだった。牢といっても仮牢ではあったが、広い板間《いたのま》に五十余人もが詰め込まれ、三日三晩のあいだ罰として入れられた。

「放免となったのが、今朝です。藍染屋に帰ったのですが、店には誰もいませんでした……」

藍染屋は役人に踏み込まれ、身代《しんだい》没収の上、江戸所払《ところばら》いを食っていたからだった。

理由は染屋の組合が、勘定奉行所の役人へ袖の下を贈りつづけていたのが露見し、一之介が奉公していた店の主人が、組合の月番に当たっていたためと分かってきた。

「弱り目に祟《たた》り目てぇやつです。帰るところの失《な》くなった一之介は、あたしを頼って来たってぇわけでございます」

番頭の小平は、薄笑いをうかべた。

商人の薄笑いに、嬉しいものはない。半四郎は大きくうなずいて、先手を打った。

「内湯なれば、いくらでも使うがよかろう」

「とんでもないこと。絹川さまのお使いになる湯へ、こんな汚ない野郎など無礼千万となります。終《しま》い湯となる時分の湯屋に、放り込ませればよろしいのです。お願いと申しますのは……」

小平は、一之介をうながした。

「先生。あっしを弟子にしてくださいっ」

「断わるよ」

言下に断わった。

「町人でなかったら、よろしいのですか」

「身分ではない。剣術など、なまじ身につけると使いたくなり、よからぬ仕儀を見る」

番頭が笑って、顔の前で手をふった。

「そうじゃありませんのです。この一之介を、色ごとの弟子にしてほしいと、こうして参上したわけでして」

「な、なんのことか、番頭」

「今申しましたとおり、真面目一本槍の職人だったもので、あっちのほうはからっきしの、ど素人。どうか絹川先生のお力添えをもって、真人間に仕立てていただけないものかと……」

「番頭。おぬしが教え導いてやるがよかろう、真人間とやらに」

「ご冗談。あたしなんぞが余計な手助けをすれば、この一之介はぐれてしまいます」

「…………」

小平の言うことは、分からないでもなかった。

下手に教えれば溺れてしまうのが、飲む打つ買うである。とはいうものの、半四郎に正しく教える術《すべ》など思いつかない。

教わったことも、習いおぼえたこともなかったからである。

「汚れたむさくるしい顔の今ですが、これでなかなかこの男は二枚目です」

番頭のことばは、嘘でもないようだ。なるほど立派な鼻をもち、目は切れ長で、唇にいやらしさがうかがえなかった。

とはいえ、二枚目ならばというものではないところが、色ごとの魔物とされる所以《ゆえん》である。

「しかし、教えられはせぬ」

「分かっております。ですから、この野郎と一緒に廓へ上がっていただき、絹川さまの一挙手一投足を見せるだけでよろしいのです」

揚げ代は手前のほうで払いますと、小平は上目づかいに笑ってきた。

「前もって言わねばならぬが、私は吉原の廓をよく知らぬ。ましてや五年あまり、足を向けてもおらぬ」

「なおさらに、結構でございますなぁ。初会《しょかい》同然の通人《つうじん》が、どう応じるものか。まさに、手本でございますよ」

ああ言えばこう言うのは、質屋の番頭の手管《てくだ》である。どう言っても返されると、半四郎はひとまずうなずいた。

二人は喜んだ。

一之介の様子から、やはり無理だと断わるほかなかろうと、半四郎は考えた。

六

翌日の夕刻早々、小平に伴われてやって来た一之介を見て、なるほど美男と納得ができた。

「藍染のほうは、やめてしまうのか」

「腕もなかなかの一之介でありますから、神田白壁町《しらかべちょう》の店がふたつ返事で引受けてくれることになりました。年が明けて、こいつは神田から通うことになります」

「通うのか、ここに……」

「あはは」

番頭の小平は笑ったが、藍染職人は固い顔を崩せないままだった。

二両分の銭が、小平から手渡された。

手渡された銭は、見世の誰彼に心づけとして握らせ、扱いをぞんざいにさせないためのものである。

「ご承知とは存じます。払いのほうは、伊勢甚のほうで。廓見世《くるわみせ》は、京二《きょうに》の若竹《わかたけ》という中《ちゅう》どころでございます」

「小平どのの馴染み見世か」

「滅相《めっそう》もない。質屋組合の、行きつけとなってます」

両国橋の下に、小さな屋根舟まで用意してあった。

「年の瀬で、お寒いでございましょうけど、じきに日本堤に着きます。あとは、お好きなように。駄目だと投げずに、一つしっかり仕込んでやって下さい」

小平に見送られ、半四郎は一之介とふたり、舟の人となった。

一之介は丸顔、目鼻だちがととのって、体つきも良い。

女が放っておくはずがないのにと、半四郎は声をひそめて訊ねた。

「主人の娘との仲を、店の者は知らなかったか」

「お嬢さんも含め、みな知ってました」

「にもかかわらず娘御は、男と出奔《しゅっぽん》した。つまり、前から旅役者とできていたのか」

「いいえ。はじめはあっしを、好いてくれたのです。夜おそく手招きされたり、出合茶屋へ誘われたときも……」

ところが一之介は、ことごとく断わった。

それが主人への忠義だと信じていたからだが、許婚《いいなづけ》とされた娘は嫌われていると思い込んでしまったのである。

男より女のほうが先にぐれたのが、本当らしかった。

「覆水《ふくすい》は盆に返らぬのだ。忘れることだな」

「はい。駈落ちしたことなど、なんとも思ってやしません」

口に出すわりには、顔が翳《かげ》りを見せている。

男は女に比べ、純なところがあった。というより、いやなことを忘れるのは、女のほうが巧いらしい。

山谷堀《さんやぼり》まで屋根舟が入れないのは、堀の幅が狭いためだ。

猪牙舟《ちょきぶね》は乗り込めるが、幅のある屋根舟は、山谷堀の入口となる今戸橋で下りなければならなかった。

堀に沿う日本堤の通りは月あかりの下、廓への人通りが絶えない。どこを見ても一つ方角に向いて歩いていた。

職人の一之介は足首まで紺の股引《ももひき》、足元は紺足《こんた》袋《び》に草履《ぞうり》、厚手の袢纏《はんてん》までも紺である。

質屋の番頭に言われたものか、歩きながら紺の手拭で頰冠《ほおかむ》りをした。

「まるで、盗賊であるな」

半四郎が笑っても、手拭で顔の下半分を隠してしまった。

辻駕籠が追い抜いてゆく。ゾロリとした着物の裾が、駕籠から食《は》み出ていた。

徒歩の者も含め、どの男の足取りも愉快そうだ。そりゃそうだろう。女を抱きに行けるのであれば、深刻にはなるまい。

土堤の側に掛茶屋が並んでいるが、冬の今は人の姿はなかった。

季節のよいときは、ここで一杯ひっかけ景気をつけるのだが、呑んでも冷めてしまいそうな年の瀬となっていた。

ぞろぞろと人の進む先が、なだらかな上り坂となっている。衣紋坂《えもんざか》あるいは五十間道《ごじっけんみち》と呼ぶ。

この先は、吉原の城しかなかった。

天下の不夜城というにふさわしい小高いところに、灯《あか》りが煌々《こうこう》と点《とも》っているのが見えてきた。

吉原に登楼することを「二階で用を足してくる」との符牒《ふちょう》があった。

大見世の厠《かわや》から、下界を見下ろす気にさせるからだ。とはいっても、多くの見世では二階へ上がっても、軒を連ねているので、外界は見えない。

城と呼ばれる理由のもう一つは、周囲に巡らされた溝堀《どぶぼり》ゆえである。田舎の半可通は、この堀を女郎が逃げないためと信じたが、石垣さえない丘の上からは、客が勘定を払わずに逃げることもできないようになっていた。大名家同様、敵の侵入を拒むものが、堀だった。

まもなく大晦日というのに、大勢が吉原大門を入ってゆく。賑やかにして陽気なのは、これから迎えるであろうお愉《たの》しみに浮かれているのであり、迎える側も大枚を落としてくれる客に愛想をふり撒いているからだ。

駕籠でやってきた男も、ここで降りる。

見世からの出迎えのある客や、男同士で徒党を組んで威勢よく入る者、ひっそりと独りで門をくぐるのもいたが、深刻さはなかった。

半四郎に従う一之介ひとり、笑ってしまえるほど深刻さを見せていた。

が、余計なことは言わず、無言で廓の大通りとなる仲之町《なかのちょう》をまっすぐに進んだ。

客と見れば声を掛けてくる男衆《おとこし》が大勢いたが、いかにも武家の重役に見える半四郎には、頭を下げて通りすぎるだけだった。

さすがに肩衣《かたぎぬ》までは着けないものの、羽二重《はぶたえ》の紋付に羽織、仙台平《せんだいひら》の袴《はかま》と白足袋の半四郎の出立《いでた》ちは、人目を惹いていた。

どの見世からも美男の侍を覗き見る者があり、張見世の格子にへばりついて見込んできた女まであった。

質屋の番頭の言った京二とは、京町二丁目。大門からどん突きとなる水道尻《すいどうじり》の左手で、中見世が並んでいた。

若竹は軒行灯《のきあんどん》で知れた。

「いらっしゃいまし」

「両国の質屋、伊勢甚――」

言い終える前に、男衆は深々と頭を下げてきた。

「おふたりさまとうかがっております。どうぞ、こちらへ」

下にも置かないもてなしが、はじまった。

上等な侍があらわれたことで、見世の中に明るい緊張が生まれた。

案内の男衆が、表口に盛られてある塩を軽く踏んだ。景気がつきましたとの、合図のようである。

奥から女将《おかみ》とおぼしき大年増《おおどしま》が、袷《あわせ》の裾《すそ》を引いて泳ぐようにあらわれた。

話は通っているらしく、敵娼《あいかた》となる女も決まっているとのことだった。

女将の鉄漿《おはぐろ》があまりに鮮やかで、一之介の目を丸くさせていた。

歯を黒く染める習慣は、武家の妻女から長屋の女房までするが、必ずしなければならないものではない。

むろん娘はしないが、花魁《おいらん》の中には好んで歯を染める女もいたし、後家でもときに見られた。

女たちは、鉄漿ほど不味《まず》いものはないと言った。臭いばかりか、渋苦《しぶにが》いという。

それでも染めるのは、夫がいますとの誇りゆえらしく、外に出ない日はしない女が多いようだ。

しかし、男にしてみるとそうではなかった。

半四郎が鉄漿の女を好むのは、暗い中での妖《あや》しさが際立つからである。下で仰向けになった女が、口を開けて喘《あえ》ぐ様なのだが、白い歯が見えると決まって牙《きば》に思えた。

狼に出合ったことはないが、生き物が抱く恐怖とは、牙ではないだろうか。女が嚙みついてくるはずもないが、闇の中で白く光るものは、安心とはほど遠かった。

例えるなら、白刃である。

侍だからとは言わないものの、暗い中で鋭く光るものは躊躇《ちゅうちょ》してしまう。それを知ってか、妻女なり女房は夫のために歯を染めた。

後家がするというのは、男を誘っていると言えなくもなかった。

三十半ばをすぎた大柄で色白、面長《おもなが》な若竹の女将は、鮮やかな漆黒の歯を輝かせて、半四郎の前に両膝をついた。

「ようこそ、絹川さま。お噂は、かねがね。見世にも箔《はく》がつきましてございます」

半四郎の大小を受取り、番頭に捧げ渡した。

一之介はと見れば、明らかに萎縮をし、耳まで赤くしている。

市中のどこを探してみても、廓見世のような設《しつら》えの家はなかった。

大きな料理屋ふうではあるが、匂いがちがう。ひと言でいうと、女の匂いに満ちているのだ。

それればかりか、まだ三年目の建物である。

江戸名物の火事が、吉原ではほぼ十年に一度おこった。

周囲を塀に囲まれた三万坪に満たないところに、数百軒の廓見世がひしめいている。

ひとたび火を見れば全焼をまぬがれないのが、吉原だった。

天保十年の十月、全焼をした。

が、すぐに大工らが入り、半年もしないで元どおりに再開となった。それまでは、深川などで仮の営業をしていた。

いつも木の香が芳《かぐわ》しい。官許の色里は、そういうところでもあった。

一之介が気圧《けお》されるのも、無理ないことだ。

藍の匂いが強い仕事場とも、ぐれて紛《まぎ》れ込んだ根津の岡場所とも、段ちがいに異なっている見えない匂いなのだから。

心配した半四郎を上まわる気遣いを見せたのは、女将だった。

「連れて参ったのは、まちがいであったかな」

「ご安心を。よくあるお客さまとは申しませんが、馴れた者がおりますので」

「心強く思う。よろしく願うが、その前に酒の席を」

「はい。承知しております。こちらへ」

格上の大見世であったなら、引手茶屋と呼ぶ花魁との対面場で一献となってから見世に上がるものだが、中どころの見世は階下の座敷で、女とともに膳を囲むのだ。

十畳の座敷には、すでに酒肴《さけさかな》の仕度ができていた。

床間を背に、半四郎。左に一之介がすわると、女将はそのあいだに随《つ》いて、手を叩く。

正面の唐紙が開き、大きく結《ゆ》った髷《まげ》にいくつもの簪《かんざし》を挿《さ》した花魁が、季節外れの牡丹のような大輪を咲かせての登場となった。

忘れるところであったと、半四郎は二両分の銭を女将にそっと手渡し、よろしく配ってくれと頼む。

いつにない華やかさが、座敷の外にまで伝わったらしく、登楼しはじめた客が、廊下から覗き見ていた。

その中に、酒くさい侍が赤くなった目を剝《む》いたのを、半四郎が気づくわけもなかった……。

三之章　斬捨《きりすて》御免状

一

吉原の廓内《くるわうち》には、女芸者がいる。それも江都一《こうといち》とされる芸達者な妓《おんな》たちとなっていた。

考えてみれば、分かろうもの。遊女なり花魁《おいらん》と呼ばれる娼《おんな》を抱きにくる色里で、芸のみをもって生業《なりわい》を立てなければならないのだ。

「わぁっと陽気に景気をつけたいが、達者な姐《ねえ》さんたちを頼むぜ」

生半可な芸や色では、座敷に呼んでもらえないのが、吉原の芸者だ。

醜女《しこめ》では、座が白ける。といって色を売ったら、場を荒らしたこととされ袋叩きを食らう。

どこの色町にも不見転《みずてん》と称した枕稼業をする妓がいたが、ここ吉原だけは、芸一本を売りにする芸者ばかりだった。

花魁があらわれる前、三味線、太鼓、踊りの芸者が三人、半四郎と一之介の座敷に着いた。

「おこんばんわ」

当節の流行《はや》りとなった挨拶に呆《あき》れなくもないが、すっきりした妓がきちんと頭を下げた。

「あらま」

床間《とこのま》を背に、武家の絹川《きぬがわ》半四郎。その脇に、清々《すがすが》しい職人の美男。

どちらも好感を覚える客であれば、芸者でなくとも嬉しい声を上げるものである。

立方《たちかわ》となる踊り手の芸者が、甘く固まってしまった。

「なんですねぇ、雪香《ゆきか》さん。お客さまの前で戸惑うなんて」

女将《おかみ》が黒く染めた歯を見せながら、今夜からうちの馴染みよと、胸を張ってみせた。

「若竹《わかたけ》の女将さんが、お座敷に居ついたままなんてこと、珍しいじゃありませんか」

雪香と呼ばれた芸者も黙ってはいない。

「そりゃ、おまえさん。初会《しょかい》のお客さまだもの、まちがいがあっちゃならないのさぁ」

「まちがいって、なんですか」

「雪ちゃんみたいのが、よからぬ仕掛けをしないように見張るの」

「あたしなんかじゃなく、色っぽい女将さんのほうが危ない気がしてなりませんけどね」

早くも女同士の鞘当《さやあ》てとなったが、半四郎には楽しかった。

雪香は二十四、五。面長《おもなが》で、浮世絵の美人画そのまま。小さな口元に胡麻《ごま》つぶほどの黒子《ほくろ》が愛嬌《あいきょう》となって、若やいで見える芸者だ。

一方の女将は三十半ば、廓見世《みせ》を仕切る立場であるが、素人あがりに決まっていた。

どんな美人でも、花魁が女房に直って見世を切盛りする女将となることは、あり得なかったからである。

——かつて、吉原芸者であったか……。

半四郎の見るところ、女将はまったくの素人には思えなかった。

大柄だが、押しつけがましさがうかがえない。それでいて締めるところに、手抜かりがなく、三十女の熟れた色をふりまいている。

初会の客は、この女将をと名指すのではないか。

五十男の半四郎は、こんな妻女ならと見込んでしまった。

「女将さん。お侍さまが、見つめていらっしゃいますよ」

「えっ、やだ。絹川さま、お戯《たわむ》れを」

伊勢甚《いせじん》の番頭から、あれこれ聞かされているにちがいない女将は、顔を赤らめた。

亭主がいるのである。廓見世という一日で数十両も稼ぐ女郎屋の、主人だ。

迂闊《うかつ》に手など出そうものなら、酷《ひど》い仕返しを見るにちがいないことは、男なら誰でも知っていた。

「女郎屋は、やくざ者を飼っているんだぜ」

まことしやかな話は、嘘である。

私娼窟《ししようくつ》の岡場所ならば、そうした連中を飼う必要もあろうが、幕府官許の吉原はどこの見世も、やくざ者とは関わりがない。

出入口が大門《おおもん》ひとつの塀に囲まれた小高い城郭《じようかく》には、町方の番屋と、組合が銭を出しあっての見張り場〝会所《かいしょ》〟があった。

よからぬ連中は入れないし、廓内で暴れた者は懲らしめられた。

安心して遊べる色里、これが吉原なのである。

半四郎が女将と懇《ねん》ろになっても、怒鳴り込まれることはないだろう。

――懇ろになったところで、一夜の遊び。見世の女将にも、誉《ほまれ》となるやもしれぬ……。

よからぬ目を向けた半四郎に、三十女は頬を赤くしてうつむいた。

酒肴《さけさかな》の膳が運ばれ、雪香が酌をしながら、一之介《いちのすけ》を見込んだ。

「お職人さんのようですが、お供《とも》さんですか」

「察しのとおり、藍染の職人である。わけあって、私が指導方《かた》とされておる。一之介と申す手入らずの、男だ」

手入らずとは童貞のことだが、太鼓方の年若い半玉《はんぎょく》と、一之介本人が真っ赤になった。

座敷が、和《なご》んだ。

それを切っ掛けに、雪香が立ち上がって踊りとなる。

三味線の大年増《おおどしま》が弾き語り、半玉の太鼓が拍子を打つと、わずか一畳ほどの中で踊りを見せた。

歌舞伎芝居が元になる舞踊だが、狭い座敷でもそれなりの様を見せていた。

さすが身を売らない吉原芸者だと、半四郎は女将の傾けてくる銚子に、いくつも盃を重ねてしまった。

七杯目くらいだったろうか、あまり呑んではと、銚子を差してくる女将の手を止めた。

「――――」

触れたというより、握ったようである。

半四郎は女将のほうが放すまで、そのままでいた。

踊っている雪香が見逃すはずもなく、手にしていた舞扇を女将へ投げてきたのにはおどろかされた。

あたかも踊りの所作《しょさ》であるかのように、放った矢のようだったからである。

一座にあって、それが分からなかったのは一之介だけだった。

芸者たちはもちろん女将も半四郎も、雪香の故意であると見て取った。

女ふたりの争いがはじまるのかと、半四郎は眉をひそめた。

――先夜も、女ふたりの喧嘩であった……。

思い出したのは、柳生《やぎゅう》の者どもに踏み込まれたことである。

——同じことが同じ騒動を、もたらすのではないか。

折しも襖《ふすま》ごしに刺してくるような視線を感じた半四郎は、女将へそっと声を掛けた。

「唐紙《からかみ》を、開けてくれぬか」

「寒くなりますが」

構わぬとうなずくと、女将は立ち上がって二枚の襖を大きく開けた。

逃げ去る様子を見せた男客の足取りは、剣術をしている侍のそれだった。

半四郎を尾《つ》けてきたものか、偶然か。いずれにしても、廓内では抜刀できないことにはなっていた。

帳場に大小を預ける決まりばかりでなく、見世の外であっても鯉口《こいくち》を切っただけで、役人や会所の男たちに取り囲まれるのが、吉原という廓の掟《おきて》である。

——朝まで居つづけ、明るくなって帰るほかあるまい。

夜道で襲われると、一之介が殺《や》られかねないのだ。

筆おろしをした晩に殺されてしまってはと、半四郎が苦笑したとき、踊りが終わった。

お辞儀をして顔を上げた雪香の目が、憤怒を見せている。

芸者が踊っているさなか、半四郎と女将が耳打ちをしあって手を握ったというのだ。

ひと騒ぎを座敷で見るかと、半四郎が身を引いたところへ、鮮やかな金襴緞子《きんらんどんす》の衣裳が翻《ひるがえ》った。

「お待ちどうさまにございます。当若竹の看板花魁、竹虎大夫《たけとらだゆう》と若霞大夫《わかがすみ》の、お出ましぃ」

男衆《おとこし》の声が、燭台《しょくだい》の火まで明るませた。

大ぶりの花魁髷《まげ》に、何本もの簪《かんざし》を挿した二人が、敷居の外に立った。

花魁遊女は芸者とちがい、敷居ごしに手をついて挨拶はしない。芸者より格上なのである。

半四郎は忘れていたと、一之介の様子を確かめた。

蛇に睨まれた蛙を見た憶えはないが、なるほど委縮している。しかし、脂汗を滲ませてのふるえではなかった。

こうしたとき、要らざる説教は無用なものだ。言う側は分別くさく、聞く側は馬の耳に念仏となる。

黙って、様子を眺めることにした。

見るだけで知れるが、若霞が一之介の敵娼《あいかた》だ。

十六、七か。小造りな顔立ちと丸いあごが、か弱さを押し出している。年上の姉女郎と比べると、尚さらに儚《はかな》く見えた。

半四郎の敵娼になる竹虎は、その名のままに気強さが眉にあらわれていた。といって、権高《けんだか》な嫌味を見せつける女ではなかった。

まっすぐな鼻筋に、少し大きめな口は薄く一文字、耳の位置が品よく高めで、吊り上がりぎみの目が涼しい。

客を客とも扱わなそうな顔だちが、男にしてみれば抱いて泣かせてやろうと思わせる。

これも廓の手管《てくだ》となっていた。

強い女が、ひれ伏す。客にとって醍醐味となる一つだった。

「ゆえに色里では、女としての難点を隠さずに強調するのだ」

江戸詰となったばかりの半四郎に、そう教えてくれたのは伊勢甚を紹介した他藩の留守居役である。

玄人《くろうと》と素人の女のちがいを、ひと言で論じられる武士だった。

花魁ともなれば馴れたもので、若霞は知らぬまに一之介の脇にすわり、銚子を手にしていた。

両の手を膝上に重ねている一之介の手まで取って、若い玄人女は寄り添うように酌をしはじめた。

場の雰囲気は、一気に遊女のものとなった。

いられなくなった芸者たちは席を立ち、女将とともに無言で立ち上がる。

ここで芸者たちが客に未練など見せては、花魁に嫌われるのだ。代わりに半四郎が、女将と芸者を均等に目で見送ってやった。

――いずれ、またな。

雪香も女将も、半四郎好みだった。

数日前に枕を交した深川芸者の光羽《みつは》は意気地《いきじ》を、一方の吉原芸者の雪香は俐発《りはっ》さを、ともに色気に塗り込めていた。

今ひとりの女将は、熟れきった大年増の婀娜《あだ》な艶っぽさをこぼし散らしていたからである。

かれこれ十年ものあいだ、色里に足を運ばないでいた半四郎は、今夜からまた通う気になってしまった。

質屋の払いで遊ぶのではない。自腹を切って登楼するのだ。

——誰に遠慮のあるものか。

艶っぽい女将がいる。芸者も名指しで呼べる。となれば、花魁から客が離れないで来られない晩も楽しめる。

もてる男ならではの贅沢は、体が言うことを利く内だと勝手に決めた。

酒もほどほどにと、花魁の部屋に導かれることにした。

一之介がどうなろうと、半四郎には知ったことではないのだ。筆おろしなど、娼にしてもらえばいい。

「なにがあっても、騒ぐでないぞ」

半四郎は目で言って、先に出ていった。

二

五十をすぎると、朝の目覚めが早い。

色里の名物とされる鳥の鳴き声より先に、半四郎は起きてしまった。

竹虎の、うつぶせのまま蒲団をつかみながら寝入っている姿が、玄人《くろうと》を思わせた。

うつぶせで寝るのは髷《まげ》を崩さないようにであり、蒲団をつかむのは激しかったと見せるためである。

「吉原は、初会《しょかい》に抱かせてはくれない」

伝説のように言い伝えられた決まりごとは、田舎の大尽から銭を巻き上げようとの企《たくら》みでしかなかった。

なるほど花魁は、客を拒むことができる。しかし、そうされると二度と上がらないのが男の心理だ。

見世《みせ》としては上客を失い、下手すれば言いふらされてしまう。

「あの見世は、高慢ちきな娼《おんな》を置いてる」

吉原だけでも、三百余軒の見世がある。他所《よそ》へ行っても浮気とされ上げてもらえないというのも、大嘘である。

銭を払って遊ぶのに、なんの遠慮もなかった。

ただし、同じ見世内での浮気は、娼たちから袋叩きの目に遭うことがあるようだ。

「それとて客を寝盗った娼にしてみれば、自身の稼ぎとなる。寝盗ったそんぞと、口に出すわけもねえや」

遊び馴れた男のことばに、真実味があった。

一之介が無事に筆おろしができたのは、竹虎の話で知れた。

「若霞さんたら、間夫《まぶ》にしたいとお言いでありんした。あちきと、同じでありんすわいな」

「十三、四の小僧ではあるまいゆえ、一之介はどういたすのと騒ぎもしなかったか」

「それどころか夜着《よぎ》やお蒲団が、ペトペト。ひと晩に、三つもなさったそうでありんす」

「み、三つもしたと……」

若い一之介に五十男の半四郎が勝てるはずもなく、寿《ことほ》いでやるべき朝が、少なからず悔しいことになった。

朝いちばんで向かわなければならぬところがあると、半四郎は竹虎に着替えを手伝わせた。

旗本か上級藩士に見える半四郎であれば、花魁《おいらん》は疑うことなく送り出してくれた。

俗謡に、

〽送る朝寒《あささむ》　迎える夜寒《よさむ》　里の廊下に　泣く素足
冬でも足袋《たび》を履けない女郎の哀しさを詠ったものだが、竹虎ほどの花魁になると、上草履《うわぞうり》と呼ぶ廊下履《ば》きが男衆《おとこし》によって温められていた。

たぶん一之介は寝起きに今ひとつと、若霞と一戦はじめているにちがいなかろう。

吉原の大門を出れば、いつ襲われてもおかしくない半四郎である。一之介はひとりで帰るほうがよかった。

まだ女将の出てこない早朝の帳場で大小を受取った半四郎は、五十間道《ごじっけんみち》を左に行くことにした。

吉原田圃《たんぼ》である。

大晦日まで、あと四日。田も畑も乾いた地肌を見せていた。

ここなら見通しもよく、存分に腕をふるえる。大勢が掛かってきてもいいように、足の置きどころまで見ながら、下谷龍泉《したやりゅうせん》の町家の建ち並ぶほうへ向かった。

が、それらしい人影もないまま、半四郎は町なかに出た。

裏長屋がひしめく路地がつづき、朝の仕度をする女房たちの好奇な目を浴びながら、浅草寺の塔を目印に歩いた。

雲ひとつない師走の朝日の射《さ》す中、昨夜の一戦を思いつつ、長屋の女を見てしまった。

同じ年ごろでも、一方は身を売る玄人遊女で、もう一方は貧しい長屋の素人女房である。

生まれ落ちたときに、大きな差はなかったにちがいない。

親ゆえに身を売られたか、売られずに済んだか。どちらが幸せのなんのとは、言い切れなかった。

全盛の玄人のほうは今、なに不自由なく食べる物にも事欠かない。

一方の素人は、今晩の米を心配し、病で寝込む親なり亭主を看《み》ていることもあり得た。

ならば全盛をすぎた遊女はといっても、落ちぶれてしまうこともある。ところが長屋の女房も、乞食同然となる場合だってあるのだ。

——女は、哀しい。

半四郎が井戸端をそれとなく見たとき、家の土間に黒足袋を履いた草鞋《わらじ》が目に入って消えた。

「――」

貧乏な裏長屋に、足袋を履ける者がいるとは思えなかった。考えると、朝が早いにもかかわらず井戸端に出ている女房の数が少ない。

出ていた女が、家の中に失せた。

次いで、どこからともなく小桶《こおけ》が飛んできた。

コロコロ、コロッ。

半四郎の足元に転がり、入っていた水が跳ねると同時に、目の前に竹棹《たけざお》が突き出された。

足を止めた。

待ち伏せである。

吉原の大門を出た半四郎の足取りを先へ先へと読んで、裏長屋の連中を脅かし、襲撃の場としたにちがいなかった。

竹棹の先は槍となっておらず、通せんぼをさせるためで、半四郎の後ろにも渡されていた。

長屋の端と端、この一間幅《いっけんはば》の狭い中で闘いをと仕掛けてきたのだ。

冬の風が、わずかに土埃を上げた。

が、人影は見えなかった。

耳を研ぎ澄ませ、鯉口《こいくち》を切って待つ。

前面の竹棹の向こうに、股立《ももだ》ちを取った侍がふたり。半四郎が出られないように、立ちはだかった。

ふり返るまでもなく、後ろの出口も塞《ふさ》がれているだろう。

半四郎としては珍しいが、先に太刀を払った。

——左右どちらかの戸が開いて、抜き身が躍り出してくる。それとも同時か。

頼れるのは、耳だけとなっていた。

わずかに面《おもて》を下に、手にした太刀は下段に構え、足元を確かめた。見知らぬ土地でやりあうときは、まず足場であり、次に出口だ。

風が出てきた。

その風が、通り道を示してくれるばかりか、敵が開けて出てくる戸口まで教えてくれた。

スゥ。

戸の敷居に蠟を塗って、音を立てない工夫をしたらしいが、風までは考えられなかったようである。

下段から振りあげた半四郎の白刃が、先んじた。

ドサッ。

一人目はなにもしないまま、裏長屋の朽《く》ちた敷居の上に、生涯を閉じてしまった。

浪人者とはちがう武士は、まだ二十代だろう。剃りたての月代《さかやき》が、青く淋しげに見えていた。

感傷に浸ってはいられなかったのは、石で押えただけの板屋根から、太刀とともに男が降ってきたのである。

先に落ちた石が、半四郎を気づかせた。

刃《やいば》を上に向け、飛び下りた男の股間に刺し通した。

鮮血が半四郎の顔といわず体までを赤く染め、一瞬なま臭《ぐさ》さを感じた。

構っていられるはずもなく、前後から迫ってきた侍に立ち向かわなければならなくなった。

八相《はっそう》の構えを見て、柳生新陰流《しんかげりゅう》と知れた。

「訊ねる。柳生どのは、いまだ逆恨《さかうら》みをかようなかたちで――」

「問答無用っ」

袈裟《けさ》掛《が》けの大《おお》太刀が、吐き出された唾もろとも襲いかかるのを、半四郎は受けきれないと見た。

右にある長屋戸を、肩からぶつかるように破って、中へ逃げた。

ブン。

空を切った袈裟掛けの太刀筋が、奇妙な音をともなった。

「あぁっ」

半四郎の背後を狙ってきた者の小さな叫びが、同士討ちをみたのである。

囲い込んでの襲撃は、よほどの稽古を積まないと上手く行かないのだ。が、九尺二間の裏長屋の中からは、逃げる手だてはない。

人質に取られる町人がいなかったのは、幸いとなった。

天井ともいいがたいところは低く、莚敷《むしろじ》きの四畳半と、鍋釜の置かれた三和土《たたき》は一畳ばかりの狭さで、貧しい暮らしをつくりだしていた。

そこへ朽ちた敷居を蹴壊して敵が入ってきたとき、半四郎は節穴だらけの板壁を背に目を凝らしていたわけではない。

肘《ひじ》を壁にあて、板の厚みを測っていたのである。

――薄い。

わけもなく打ち破れる裏長屋の仕切りが、ありがたく思えた。

踏み込んできたのは二人で、うなずきあうと、半四郎の左右で青眼に構えた。

構えあっただけで届いてしまう狭さは、斬りあうには適さないどころか、突くよりほかに倒す手だてはなかった。

左右同時に、当然のごとく突いてきたのはいうまでもない。

バリバリ、バリッ。

安壁は棟割り長屋の逆側に破れ、半四郎は倒れ込むように隣家に入り込んでいた。

敷かれた夜具に、人が横になっているのが分かった。

「邪魔をいたす。済まぬ」

詫びたつもりだが、聞こえたかどうか。顔を上げた病人らしき年寄りは目を瞠《みは》り、咳込んだ。

つづいて無遠慮な者がふたり、踏みつけながら押し掛けてくれば、年寄りの咳も止まる。

侍の片割れは、どけとばかり病人を蹴り上げる。

半四郎には、許せなかった。

怒りは、ときに力となる。

横殴りの一撃が、蹴り上げた男の脚を斬り落とした。

「………」

片脚を失ったのが分からず、必死に体を立て直そうともがいている。

吹き上げた血が、もう一人の顔に血飛沫《しぶき》となって掛かると、半四郎は容赦なく喉を突いて仕止めた。

終わったようだった。

今ひとり血を浴びた老爺は、床の上で肩で息をしていた。

大枚となる一両を置いて立ち去れないこともなかったが、半四郎は大家の居どころを聞き出して走った。

五人か六人の、二本差の武士を殺したのである。奉行所の役人が来たところで、始末のつくものではなかった。

半四郎は、気遣わしげに覗き込んでくる子どもに銭を握らせ、飯田町の遠江相良《さがら》藩上屋敷へ走らせた。

「――」

絹川半四郎の身元を、証明させるためだった。

相手が浪人ではないとされたなら、返り討ちをしたとはいえ、半四郎は武家諸法度に照らしあわせ、私闘《しとう》とされてしまう。

私闘になると、半四郎は隠居の身とはいえ、藩主への迷惑は図り知れないものとなる。

まだ若い当主の田沼玄蕃頭《げんばのかみ》が、中興の祖となる田沼意次の逼塞《ひっそく》という二ノ舞を見るのは、なんとしても避けねばならなかった。

三

それからの後始末が、思った以上に早かったのは、一にも二にも北町奉行遠山左衛門尉《さえもんのじょう》の力に負うところが大きかった。

月番は北町で、聞きつけた番所の者は大番屋へ走り、番屋の役人は北町奉行所へ駈け込んだ。

半四郎は、遠山左衛門尉を噂でしか知らない。町人の暮らしに詳しく、人情あふれる裁きをする名奉行というだけだった。

これが町人だけではなく、隠居した藩士にもまたありがたい裁きを見せた。呉服橋御門内の北町奉行所に送られた半四郎を、左衛門尉みずからが出迎えたのだった。

問われるままに答えた。

「そなたを襲いし者を、なんと見る」

「勝手な想いにすぎませぬが、柳生新陰流の門弟衆かと」

「分かった。それ以上、申すな」

左衛門尉は手で制すと、自分は聞かなかったことにすると言い添えた。

尾張徳川家の指南役が柳生であれば、その一門の数名を手に掛けたというだけで、厄介なことになるのは明白だった。

「念流の使い手である絹川某《なにがし》と申す武士は、他流試合を申し込んで参る浪人者があとを絶たぬと見える」

「……。浪人でございましたか」

「まちがいない。月代《さかやき》を剃っての果し合いは、死を覚悟した侍の心意気であったのであろう。私闘とは認められず、公儀《おかみ》として不問といたさざるを得なんだ。お手間を取らせた」

帰るがよいと、左衛門尉は踵《きびす》を返してしまった。

どのような経緯が奉行所にもたらされ、何者が口添えをしてくれたものか、半四郎は見当すらつけられないでいた。

天保の御世《みよ》、それも江戸市中で一度に何人かを斬った一大事だというのに……。

お咎《とが》めなしどころか、なにもなかったかのような奉行のことばが、不思議でならなかった。

「遠山どの。お待ちいただきたい」

「罪科《つみとが》不問となったゆえ、そなたに不都合はないはずだが」

小柄であっても大きく見える左衛門尉は、立ったまま眉を寄せた。

「いかにも差障《さしさわ》りはござらぬものの、向後《こうご》かような事態がつづきますなら、いずれ町家の者たちが怪我をする懸念がありましょう。町奉行どのなれば――」

「奉行の不首尾になると、案じていただくのはありがたけれど、町奉行は武家の絹川どのを衛《まも》る立場にはござらぬ」

左衛門尉は薄笑いをうかべ、半四郎の言いたいことばを、軽く去《い》なした。

うかべた笑いに嫌味がないところが、人気奉行の所以《ゆえん》なのだろう。

役人、それも頂点に立つ幕臣の一人にもかかわらず、堅苦しさどころか、甘さまでうかがわせる男だった。

そんなところが、若い時分に町なかで苦労したとの逸話を生んだにちがいないようだ。

しかし、部屋住《へやずみ》の身であっても、幕臣の子弟が町なか、それも賭場《とば》に出入りできるはずはなかったのである。

――遠山流の甘さはどこで作られ、育まれたのか。

知らず半四郎は、微笑《ほほえ》んでいた。

「絹川どの、わたしになにか」

「なんの。奉行職とは難しい立場にあると、気の毒に思いました次第」

「所詮、他人事《ひとごと》でござるか。悠々自適の若隠居どのとちがい、奉行とは遊女同様の苦界《くがい》に沈む身だ」

「若隠居とは嬉しい物言いなれど、お奉行と齢はさして変わらぬはずにございます」

遠山景元は、たしか半四郎より二つか三つ若いはずだった。

ついでながら、南町奉行の鳥居耀蔵《ようぞう》は、さらに三つほど年下である。

「この遠山、丑歳《うしどし》生まれだが」

「私は、戌《いぬ》にございます」

奉行は半四郎を、用部屋へとうながした。

「三つ兄となりますかな。てっきり五つも下かと」

まるで旧知の仲のごとく、急に親しく思えてきた。

「隠居の身にして、諸藩の江戸屋敷指南役を務めておられると洩《も》れうかがったのだが……」

部屋の中で膝を詰めた奉行の眼差《まなざ》しが、熱を帯びてきた。

「よくご存じで」

「誤解せぬよう願うが、この度のことで色々と調べさせた。と申すより、相良藩田沼家から絹川どのをよしなにと、添え状を受けておる……」

やがて北町奉行の話は、信じがたいものとなっていった。

「この絹川めに、なにを致せと仰せか」

「町奉行のなんのと囃《はや》されるが、みずからは奉行所を一歩も出られぬ籠《かご》の鳥。すなわち、おのれの目や耳で、市中を見聞きすることがかないませぬ」

遠山は、次いで奉行を蚕《かいこ》に譬《たと》えた。

「自力で餌を取れぬばかりか、真綿にくるまれ、崇《あが》め奉られる中で、裁きという答を出さねばならぬ身にござる」

「どなたが奉行であっても、同様でございましょう。されど名奉行は、繭《まゆ》という美しい糸を吐きます」

「物は言いよう。されど蚕とて、虫。虫けらにすぎぬ」

「ご謙遜を」

半四郎は言い返してみたものの、そのとおりかと思い直した。

なにごとも、その場に居あわせない奉行が、訴訟ごとや罪を犯した者を裁くのである。

北町奉行が言わんとする真意が、半四郎の脳裡《のうり》をたちどころに閃《ひらめ》かせた。

「私めに、探索方となる隠密をと、仰せか」

「いや。左様な薄汚なき務めではなく、市井《しせい》のあれやこれやを。ときに大名家の屋敷内の受取りようまで、話し聞かせていただくわけには参らぬか」

本来なら奉行所の与力なり同心が、それらの仲介役にならねばならないのだが、この度の改革は奉行所の役人まで掛値《かけね》して上申するようになってしまっていると嘆いた。

吉原で花魁《おいらん》を買う半四郎は、大名数家に出入り勝手の指南役でもあることを思い出してしまった。

医者でも僧侶でも、半四郎ほど様々なところに入り込める侍はいなかろう。

「将軍家のためだけでなく、天下万民のためと仰せなら、横目付《よこめつけ》であっても喜んでお役に立ちまする」

横目付とは、正式ではない探索方だった。

奉行は笑った。

が、すぐに真顔を見せて、文箱《ふばこ》から奉書紙を取出した。

筆を執《と》ると、絹川半四郎兼重《かねしげ》としたため、江戸北町奉行遠山左衛門尉景元《かげもと》の名と花押《かおう》を記したのである。

ひと呼吸置いて、墨痕《ぼっこん》鮮やかな太文字で、

〝斬捨御免〟

「…………」

武士に許されている無礼討ちは、公事方御定書《くじかたおさだめがき》に記されている正当防衛の手だてだが、滅多に行使する侍はいなかった。

届け出の煩雑《はんざつ》なことだけでなく、裁きが決定するまで家から一歩も出られなかったためである。

しかし、斬捨の文字は、無礼を咎める手討ちとは異なっていた。いかなるときでも、不問に付すというのだ。

半四郎は信じられないと、目を剝《む》いた。

奉行は朱印を取り、半四郎の顔を見ながら、しっかりと捺《お》しつけた。

四

午《ひる》はとうに過ぎていた。なにも食べていない。

ひと晩を遊び、帰りがけに襲われ、町奉行所を出たばかりだった。

半日ばかりのあいだで、大きな変化を見たことになる。

忘れるところだった。

吉原の廓見世《くるわみせ》に置いてきた一之介が、どうなったか。

後ろ髪を引かれつつも、言われるがまま送り出された一之介であったならまだしも、妙なごね方を見せて居つづけをしていたなら、藍染職人はぐれるだろう。なにごとにも、晩稲《おくて》の男は溺れるやすいと決まっていた。仕事を辞め、耽《ふけ》ってしまうのだ。

「今の今まで、俺は俺じゃなかった」

憑《つ》きものに祟《たた》られたような目をして、人生を一変させてしまうことばだが、百人が百人すぐに憂《う》き目を見るのは、誰もが知るところである。

色ごとの指南役を賜《たまわ》ったのであれば、弟子を駄目にしてしまうわけにはいかなかった。

急いで吉原へ取って返した。

大門《おおもん》の前で、昨夜踊った芸者が笑っているのが目に入った。

「ほぉら、来た」

半四郎があらわれるものと、信じていたような口ぶりである。

「雪香であったか。私を、待っていたと」

「はい。若い職人さんを放ったままいなくなってしまう薄情なお侍さまじゃないって、賭けをしたんです」

年増《としま》芸者に隠れるかたちで、一之介が立っていた。

「藍染の職人は賭けに負けると、幾ら払わねばならぬ約束か」

「それは、その——」

答えようとした一之介を、雪香は怖い目で遮《さえぎ》った。

「芸者どのが、この若造を請け出してくれたようだ。礼を申す」

「いけませんですって、こんなところで立派なお武家さまが、芸者なんぞに頭を下げちゃ」

「では、一之介。帰るとしよう」

帰るぞと踵《きびす》を返そうとした半四郎の袖を、女の手が引っぱった。

「なんぞ用があるのか」

「………」

年増芸者らしからぬ照れを見せるわけが、一之介の目つきで知れてきた。約束の賭けとは、どうやら半四郎との仲を後押ししろということのようだ。

半四郎にとって、こうした約束事ははじめてのことではなかった。

商家の番頭は、絹川半四郎と二人きりにさせてくれるならとの約束で、芸者の花代《はなだい》を安くするとの申し出を受けた。

某大名家の留守居役は、お気に入りの姉芸者と懇《ねんご》ろにしてもらえることを条件に、待合へ半四郎を送り込んだ。

ふつうの男が聞けば、なんと贅沢なと羨《うらや》むところだが、こうしたときに限って、半四郎好みの女であることはあまりなかった。

しかし、雪香は半四郎の好みに、叶っていた。

わざとらしい媚《こび》を売らないだけでなく、芸はきちんとしている上、女そのものを売り物にしていない玄人女である。

半四郎は、どちらかというと男っぽい女を好んだ。

すぐ泣きつくようなのを、苦手とした。

「雪香姐《ねえ》さん、飯でも食うか」

「はい」

明るい昼どき見ても、絵になっている吉原芸者だった。

一之介を帰し、半四郎は雪香と連れだって、大門の外に出た。

「おまえさん、どんな暮らしをしているんだね」

言ってみたものの、半四郎の口を突いて出たことばは、思っていたこととは逆の、余計な話だった。

「どんなって」

「困らせるつもりはない。昔の男の話をしろとか、生まれがどうのなどを聞きたいわけではない。なんと申すか……」

いきなり気まずくしてしまうような、不用意なことばを恥じた。

折角《せっかく》、美人と食事ができるというとき、挨拶だけでよかったと、半四郎は歩きながら唇をかんだ。

「どうして水商売なんかと、仰言《おっしゃ》りたいのでしょう。いつもなら、芸ごとは年を取ってても衰えませんのでと答えます。でも、お侍さまにならば正直に話せるかもしれない……」

雪香は少しだけ面《おもて》を上げ、子どものころを懐しがるような、それでいて淋しげな目を見せると、ことばを継いだ。

「生まれは、狐《きつね》で有名な王子村。やくざなお父《と》っつぁんで、稼いだお銭をお酒にして呑んでしまう人でした」

「呑んで暴れる。よく聞く話だ。すると弟や妹を食べさせるため、おまえさんが芸者屋に身を売ったと——」

「ちがいます。あたしのおっ母《か》さんは、しっかりした女でした。ひとり娘のあたしを連れて、家を出たんです。凄いでしょ」

「立派な女であるな。母御《ははご》は針の内職で、おまえさんを育てたか」

「いいえ。場末の、待合の女中です」

「ふむ」

芸者の口調が愚痴っぽくなってきたので、半四郎はできるだけ無表情をつくった。

「一人でも子持ちの町人女が、女中で食べていけるわけないじゃありませんか。おっ母さん、待合で体を売ってたんです……」

それを娘が知るわけもなく半年もすぎた頃、女親が待合から男客にしなだれかかりながら出てくるのを、見てしまったのだと淋しい笑いを浮かべた。

まったくの子どもではなかった雪香には、それがなにを意味しているか分かった。

不潔な女親だとの嫌悪と、働いてくれているのだとの申しわけなさが、娘を悩ませた。

「なにもできない女は、体を売るしかないんです。でも、多くの女は、お女郎さんの仕事をやれません」

半四郎は聞き知っている。女郎稼業が誰にでもできるわけではないと。

どんなに小判を積まれても、匕首《あいくち》を突きつけられて脅されても、仕事としてつづけることのできないのが、身を売る商売だといわれていた。

無理にさせれば、女は必ず命を絶った。

ただ投げやりに脚を開いているように見えても、獣《けもの》と化した見ず知らずの男に抱かれることは、過酷にすぎる稼業なのである。

雪香の女親はそれができた。が、雪香にはできなかった。たとえ子どもを養うために、というだけであったとしても。

「十五になったとき、おまえの顔だちならと、吉原に身売りされそうになりました。怖くなって、逃げたんです」

言い切った雪香の目は、思いのほか澄んでいた。

まちがったことをしたのではないとの、意志をもつ目だ。

「なるほど。それで同じ吉原の、芸者となったか」

女郎で売れたはずの娘を、一から芸を仕込んで一人前の芸者にする。当の本人もだが、仕込むほうも生半可なことではなかったろう。

「おっ母さんとやらは、今も」

「いいえ。わるい病をもらって、逝《い》ってしまいました。あたしが吉原に連れてこられる少し前に」

半四郎のうかがい知ることのない女世界、貧しい中での生きざまが、昼ひなかの往来で語られていた。

「恥ずかしい話を、聞かせてしまったみたい。ねえ、鰻《うなぎ》をご馳走して下さいな。新しいお店が聖天《しょうでん》さまの近くにできたんです」

泣いた鳥が、もう笑う。

吉原芸者の意気地が、半四郎の肩に掛かる手にあらわれていた。

「鰻、よかろう」

昔話に落ち込むことなく、ふたりは日本堤を東に向かった。

五

人通りのある道を、それなりの武士が絵を見るほどの芸者と連れだって歩いている。

それも年の瀬で大掃除に忙《せわ》しない店々の前で、陽がまだ高い真っ昼間だ。

「いったい、どこの御留守居役だ。この改革のさなか、贅沢というより不謹慎ではないか」

「侍が、にやけていやがるぜ。こいつは、町方にご注進せにゃなるまい……」

真面目を任ずる番頭と、半端な町奴《まちやっこ》の物言う目が合って、浅草の番屋へ人が走った。

鰻屋の二階座敷へ入ったとき、町方同心が手下を連れて乗り込んできた。

「なにか、ございましたので——」

下足番が言うのを、同心は答えることなく二階へ上がってきた。

十手《じって》持ちが二人つづくと、鰻屋の主人から女中までが青くなった。

「罪人が逃げ込んだんじゃありませんかね。旦那」

「二階の客は、お侍さまと芸者の二人きりだよ。捕り物があるとは、思えないが……」

梯子段の下に取りついた店の者たちは、なにがはじまるのかと、見上げていた。

同心はいきなり、唐紙《からかみ》を開けた。

六畳の座敷に、男と女が差向《さしむ》かいとなって話し込んでいる。というよりも、額を寄せあっていちゃついて見えた。

「北町の定町廻りである。訊ねたきことあって、参上いたした。神妙に、お答えねがおう」

髪に白いものが混じる初老の同心で、朱房《しゅぶさ》の十手をこれ見よがしに突き出してきた。

「無粋《ぶすい》にすぎるのではないか、町方どの」

武士は動じない。しかし、芸者のほうが、たじろいだ。

嵩《かさ》にかかって威丈高《いたけだか》を見せるのは、役人の常だった。

「芸者と見たが、町名と、そなたの名を申せ」

「吉原廓内《くるわうち》、雪香と申します……」

「真っ昼間の往来を、手に手を取って歩いていたとの報せを受けた。ご老中越前守さまのご改革が風紀を乱すこと相ならぬと通達しておるのを、知らぬとは言わせぬ」

同心は火鉢に片足を掛け、二人を見下ろした。

「無粋が無礼となっては、北町奉行所の名に瑕《きず》がつくのではあるまいか」

「――。幕臣ではござらぬような。とするならば、どちらのご家中か、申していただこう」

「その前に汚れた足を、下ろすがよい」

「なにをっ」

気色《けしき》ばんで腰の物に手を掛けた同心に、半四郎は懐《ふところ》の奉書紙を投げ出した。

並の紙よりしっかりした奉書は、ヒラヒラ舞うこともなく、同心の足元へ届いた。

十手持ちが畳まれた紙を開いて、同心に手渡す。

「——。はっ、ははぁ」

奉書の御免状を両手で捧げつつ、同心は畳に額を押しつけた。

「とんだ無躾《ぶしつけ》の段、まことに失礼を致しましてございます。この儀はなにとぞ、お奉行へご内聞に願いたく。ど、どうか……」

頭を上げないまま、同心は這いつくばったかたちで後退《あとずさ》りながら失《う》せた。

一緒にいた十手持ちは、なにも分からないまま土下座して、これもまたいなくなってしまった。

さらに分からないと、目を白黒させていたのが雪香だった。

定町廻りの同心が、平身低頭をしたのである。

「お殿さま……。まさか、葵の御紋の副将軍さま、なのですか」

町場の寄席《よせ》では『水戸黄門漫遊記』が、人気を博しはじめていた。

それも「ご隠居」と呼ばれ、世直しをしているとの設定なのだ。

絹川半四郎は隠居の身であると聞かされていた芸者であれば、なおのこととなってしまった。

「げ、芸者ごときが、大変な無礼をいたしました。この上は、打ち首でも――」

「あはは」

半四郎は大笑いして、縮こまる雪香の手を取った。

「ふむ、天下の副将軍か。それもよいな」

言いながら、置いたままになっていた御免状を懐に戻した。

「わたしはもう、お暇《いとま》をいたします。二度と顔は出しませんので……」

ふるえる雪香の両肩に手を掛けると、半四郎は唇を重ねた。

「――――」

卒倒しそうにおどろいた芸者が、あたふたと左右の手を泳がせているところへ、鰻屋《うなぎや》の主人が膳を捧げてやってきた。

「どうも本日は、手前どもの新店《しんみせ》にお越しいただき、なんとも鼻が高《たこ》うなれましてございます。これは、お近づきのしるし……」

酒肴に、焼いてあったとおぼしき鰻の白焼きが運ばれた。

逃げ去った同心が、斬捨御免状だったとは口にしなかったろうが、北町奉行所の添状をもつ武士、くらいのことは言ったかもしれない。

紙きれ一枚でも、効き目は絶大のようだ。考えてみれば、怖いことである。

滅多なことでは出せないと、半四郎は奉書紙を懐深くに押し込んだ。

芸者は照れと、畏《おそ》れ多さが混じりあって、部屋の隅に畏《かしこ》まっていた。

「姐《ねえ》さん。お侍さまに、お酌を。どうか、ごゆっくり」

出ていった主人のことばに、雪香は小さくなったまま銚子を手に取った。

酒はほどよく温まっているが、白焼は冷めていた。というより、毒味をされて出てきたようである。

大名の冷《ひえ》料理とは、藩士であれば誰もが知る諺《ことわざ》のようなものだった。

毒はもとより、腹をこわしてもいけないのである。熱いのは椀の汁物くらいなもので、御飯も焼物も毒味役の様子を見たのちに供された。

「これは敵《かな》わぬな、冷めた鰻では来た甲斐がない」

半四郎は雪香をあごでうながし、白焼にひと箸つけたまま、立ち上がった。

案の定、店は勘定を取ろうとしなかった。

外に出る。まだ、夕暮れには早い。

芸者は別れて、帰ろうとした。

鰻屋もよかったが、雪香という吉原芸者を逃がしたくはないとの半四郎の思いは、足を船宿《ふなやど》へ向かわせた。

六

「もう帰らないとならないのです」

半四郎への遠慮なのか怖れをなしてのことか、船宿の入口で雪香は逃げ腰を見せた。

「天下の副将軍の下命《かめい》を、なんと心得る。吉原芸者一同お出入り止めとなれば、今後の暮らしは成り立つまい」

命令に従わなければ、吉原の仲間たちにまで累《るい》が及ぶと、大嘘をついた。

「は、はい」

素直になった。

これではまるで、無理やり寝ろと言うのと変わらない。

「一度くらい、よいではないか。そのつもりで誘ったのであろう」

こうした狡《ずる》いことばを吐いてみたかったが、それでも吉原芸者を落としたいとの思いは、変わらないどころか、いや増していた。

昨晩は、廓《くるわ》で花魁《おいらん》を抱いた。

その朝《あした》に、吉原の裏手で死闘を演じた半四郎である。

だからというわけではなかろうが、生死の境を乗り越えたあとは、女を欲すると言われていた。

嘘か実《まこと》か分からないものの、戦場《いくさば》の陣中に娼《おんな》を大勢呼びよせ男たちにあてがうのは、昔からのことらしかった。

胤《たね》を残すのが雄《おす》という生き物の本能なら、あながちまちがってはいなかろう。

とはいっても、雌《めす》として扱われる雪香には嬉しいはずはなかった。

——さて、どこでいかに説明するか……。

半四郎は今戸橋あたりに並ぶ船宿の一軒に入ると、一挺《ちょう》の屋形船を貸し切りにした。

屋根舟とちがって、左右が障子に仕切られた部屋船である。

船の中は火鉢の炭が熾《おこ》っていて、暖かくなっている。二人が入ると、外から障子が閉められ、船頭が船を出した。

大きな座布団が三つ連らなり、掛《かけ》夜具が脇に畳まれてある上に、箱枕が乗っている。

色街の芸者でなくても、なにがはじまるところか知らないはずはなかった。

観念しているのか、雪香はうつむいたままだった。虎の檻《おり》に入った兎になっていた。

というより、帯を解きはじめた芸者に、半四郎のほうが戸惑ってしまった。

副将軍とはまっ赤な偽《いつわ》りで、町奉行のお墨付をもっているだけだと、ここで出さなければと考えた。

が、見せたらどうなるだろう。

斬捨御免を読めば、辻斬りを許された賊と思われてしまうのではないか。

「いつも差料には血糊が付いて、刃こぼれを研《と》ぎに出しているにちがいない。遠慮会釈なく、たまたま居あわせた町人まで斬って捨てているのだわ」

雪香に冷酷無比と蔑《さげす》まれるのは構わないが、肩書で脅されましたとされては、遠山左衛門尉の評判にまで関わってくるだろう。

――さて、いかに。

半四郎は顔をしかめ、考え込んでしまった。

音を立てずに、芸者は帯を解いている。その顔を見られないでいた。

漕ぎ出された船が水音をさせ、大川の中ほどに出た。行き先は、分からない。

そのまま川を上下するときもあれば、深川の小名木《おなぎ》川へ入り込むこともある。

なんであれ、船中の男女の仲を波立てないよう、ゆっくり静かに漕ぎつづけるものだった。

呻《うめ》きや喘《あえ》ぎばかりか、女の泣き声や悲鳴にも、船頭は知らぬ存ぜぬを通す決まりとなっていた。

もちろん、客とは一度も顔を合わせず、障子が閉められてから船頭が乗り込んでくるのだ。

下船のときも、船頭は船を舫《もや》うと先にいなくなった。

壁なり襖《ふすま》を隔てた町なかの待合茶屋とちがい、船中の逢瀬《おうせ》は隣を気にすることなく楽しめる贅沢な場となっていた。

「船の中に誘い込めば、こっちのもの」

江戸の遊び人の、決め台詞でもあった。

ところが半四郎は、権威を嵩《かさ》に連れ込んでいるのだ。まだ、手さえ出しかねていた。

「あの。明るい船の中で、がっかりなすったのではありませんか」

思いもしないことばが芸者の口から出たのが、半四郎をわれに返らせた。

——今から、口説《くど》けばよいか……。

雪香は吉原大門で、半四郎を待ち伏せていたのではないか。鰻屋《うなぎや》に誘われた。そこでひと騒動となった。

ほんの少しだが唇を重ねたのは、好みの女から怯《おび》えを取るためだったのではないか。

口説くことに、老若も巧拙もないのである。

まごころと一途さで、通じるときは通じるものと信じたい。

「がっかりどころか、江戸一番の吉原芸者の姐《ねえ》さんに、五十男が嫌われてしまったかと思案の最中である」

目だけ向けて、次にあごを動かしことばをつぶやき、さいごに体を向ける。口説き方にも、半四郎流があった。

芸者の薄桃色の襦袢《じゅばん》が、まぶしい。胸高に締めた扱帯《しごき》が、男の手を待っているようだ。

が、焦《あせ》りは禁物と女の横にすわった。

船が揺れたのは半四郎が動いたからか、川波が立ったためか。切っ掛けをつくるまでもなく、体が触れた。

黙って手を握るだけで、女の心もちはそれとなく知れる。

「今日限りで終わらず、ふたたび逢ってはくれぬか」

「どうしましょう。逆に、やっぱり一度にしておこうと言われたら」

「二度惚れ、三度惚れとなろう」

女の襟足《えりあし》に、唇をのせた。

くすぐったいと、女は身をよじる。

襦袢の裾《すそ》に手を這わせ、半四郎は少しずつ膝から腿《もも》へと指をすべらせていった。

熱くなっていた女の肌が、潤いをもつ。

嫌がる女には出ないものだった。

半四郎でも、ときに月の赤いものを見る女と出合ってしまうことがあった。そんなときは、潤わないものである。

芸者は鼻まで鳴らすまいと、必死に上がってきそうな息を堪《こら》えた。

四方を障子に囲まれた屋形船が、江戸の海に出たかと思えるほど深いものに包まれた気がして、男は女を抱き寄せた。

雌の立てる匂いが、雄を奮い立たせ、下帯がきつくなった。

吉原の芸者だからこその、初心《うぶ》な姿を見せていた。男の下帯を外してやろうとはしないのである。

未通女《おとめ》ではなかろうが、町娘と同じ恥じらいが、面長《おもなが》な国貞ふうを見せる年増《としま》に不釣合いで、心が躍ってきた。

小さな唇の脇にある黒子《ほくろ》が、色白の顔に鮮やかに浮き立った。

薄目をあけ、半四郎の様子を見ようとするのは、自分のすべてを晒《さら》けだすまいとの気持ちからである。

これが淫猥《いんわい》な女だと、白目を剝いて我《われ》を忘れ、おのれだけの世界に入り込むのだ。

半四郎に、遊び人の自覚はない。

確かに江戸詰となって、遊ぶところが多いことは知った。しかし、藩士として妻女をもち、子どもが生まれると、軽率な真似はできなくなっていた。

信じがたいが、三十半ばで柳生と御前試合をして、隠居となったときから、遊べる身分となったのである。

遊びの稽古をはじめて、ようやく十五年。

これを長いと見るか、まだ若輩《じゃくはい》にすぎないとするか、そんなことはどうでもよかった。

齢《よわい》五十二の絹川半四郎は、今が男としての旬と信じていた。

妻子に隠れる必要がない上に、遊ぶ銭に困ってはいない。体に衰えを感じない上に、ときに襲ってくる刃《やいば》はほどよい緊張をもたらせてくれているのだ。

——わが世の、春。

半四郎にとって、こと女に関しては童貞と別れた元服のころ以来、困った憶えは一度とてなかった。

納得させた上の、船中の芸者嬲《なぶ》り。

聞こえはよくないが、至上の愉悦《ゆえつ》が眼前にもたらされていた。

おもむろに下帯を外した半四郎は、おのれの体がいくらか冷えていることに気づいた。

師走の押し迫った冬で、川に漕ぎ出ている船の中であればとは思ったものの、屋形船は入ったときから暖かくなっていたではないか。

好もしい年増芸者は汗を見せ、あなたの言うなりになりますと、身をあずけているのだ。

「………」

下帯の中にあった半四郎の分身が、首を竦《すく》めていたのである。

昨夜、花魁と一戦を交えたばかりではあった。

――まさか。

年が明ければ、五十三。とっくに年寄りとなっていることに愕然《がくぜん》としはじめていた。

同輩の中に、孫が元服を迎えたと自慢したのがいる。

「妻女との交接など、とうの昔にご免こうむっておるよ」

四十も半ばになると、男はみなそう言った。

それを半四郎は、億劫《おっくう》なことだからと思っていた。

味気なく枯れてしまった妻に触手は伸びず、さりとて女を囲う余裕もなければ、廓《くるわ》通いも大っぴらにできないのが武士である。

したくても、できないのだ。

気の毒に見た半四郎は、大店《おおだな》の主人なればちがうかと、商人たちの遊び方を訊いてみたことがあった。

「大旦那と呼ばれるお歳を召した方々は、手を握るとか、やさしく触わるだけで、交わるなんて野暮な仕儀には至りません」

半四郎はこれを、野暮と嘲《わら》われるのを嫌う江戸町人の、冗談めかした遠慮と考えた。

いい歳をして、恥ずかしいことだからと。

が、嘘ではなかったのだ。

——壮健な男でも、五十をすぎれば二日つづけて、できるわけがないのではないか……。

襲撃されても動じない男が、蒼白となっていた。

蒼くなればなるほど、亀の頭は潜《もぐ》っていった。

交わるとか重なるではなく、戦さ場への出陣さえ踏み出せないのである。

不甲斐ない、役立たず、不埒《ふらち》、不届き、不肖《ふしょう》の倅《せがれ》に、おろおろした。

自身の手で引っぱろうが、撫《な》でさすろうが、亀の首は甲羅の中に隠れて出てこない。

芸者はと見ると、鼻を鳴らしたいのをがまんして、そっと脚をからませてきたのである。

熱くなった女の部分に手を伸ばした半四郎だが、肝心かなめの男が言うことをきかないでいた。

神仏に祈りたいとは、まさにこれだった。

焦るまいとすれば焦り、自然にまかせて時を待とうとするほど、変化は見えてこないでいた。
絹川半四郎は、侍である。
ここで止めては、男が廃《すた》る。
──雪香にも申しわけが立たぬ……。
脳裡《のうり》に閃《ひらめ》いたのは、酔いを見せることだった。
酒にではなく、船酔いである。
喉の奥を、見苦しく鳴らす。口に手を押しあて、女から離れた。
船べりの障子を開けて、半身を外に出した。
「おえっ」
指を突っ込み、苦しげにもがいて見せた。
船頭が声を掛けてきた。
「旦那、大丈夫でございますか」
片手を上げ、返答をする代わりに、なんともないとの仕種《しぐさ》をした。
朝からほとんど食べていなければ、喉を突いたところでなにも上がってはこなかった。
上に着物を羽織った芸者が、背をさすってくれる。船頭も心配そうに案じた。

「風もなく波も立ってませんので、酔わないと思っておりましたが、とんだことで……」

間抜けな様を見せてしまった。船酔い侍の評判が立つかもしれない。それよりも、屋形船に女と乗り込めなくなる癖がつくのではないか。

よろしくない記憶が甦《よみがえ》り、できるはずのことが船を見るだけでできなくなってしまうのである。

酔っていないのに、蒼くなっていた。

口に手をあてたまま、半四郎は女に頭を下げた。

「とんだ舟遊びとなった。このとおりだ」

「よろしいのです」

「改めて、そなたを座敷に上げたい。呆《あき》れずに、やってきてくれ」

「呆れるなんて。喜んで、参上します。それより今日は、どこか近い陸《おか》に着けてもらって、お家《うち》へ」

「そうしよう」

屋形船は永代橋の東詰に着けられ、半四郎を下ろした。

「迷惑をかけた。これは少ないが」

酒手《さかて》を船頭に渡し、芸者を今戸橋へ帰してやってくれと頼んだ。

出てゆく船を、半四郎は見送れなかった。

五十をすぎた初老であると、痛感させられた女が乗っているからだが、女の所為《せい》ではなく、おのれ自身の所為である。

船着場を出て通りに立つと、歩いている男たちばかりが目についた。

供の者を随《したが》えた侍、荷を背負う商人、店の前に立つ番頭とおぼしき者まで。半四郎が見つめるのは、五十がらみの男ばかりだった。

見れば見るほど、老けている。

「もう孫が八人もおりまして、可愛いのなんの……」

訊けば、必ず出てくることばではないか。

腰が曲がり加減の男もいれば、いかにも老人らしく小股で歩く者もいた。

先刻までの半四郎は、通りを眺めるときは決まって女だった。

いい女、色っぽい年増《としま》、絵になる美人。物色していたわけではないが、江戸という大所帯の面目さをそこに見つけていた。

が、五十男の目は、一変してしまった。

薬種問屋の看板が、目についた。

〝滋養強壮に、八味地黄丸《はちみじおうがん》〟

店の中に、紙が貼られてある。腎虚《じんきょ》の文字も見えて、目をそらした。

「昨晩と今、つづいてしまったからにちがいない」

房事《ぼうじ》過多による不能であってたまるかと、半四郎はひとり言を口にして決めつけた。

四之章　長崎の疑獄《ぎごく》

一

師走三十日は、どこの江戸藩邸も大掃除をする日となっている。

絹川《きぬがわ》半四郎が剣術道場指南役を務める邸《やしき》は、譜代と外様をあわせ七藩にもふえていた。

念流《ねんりゅう》の腕もさることながら、四角四面の武芸者を思わせない甘さが、人気の理由だった。

大掃除は道場でもあり、納会の日ともなっていた。

江戸市中とはいえ、七ヶ所、半四郎は朝いちばんから次々と廻らなくてはならなかった。

まずは半四郎が借りうけている松坂町に近い両国橋の袂《たもと》、藤堂和泉守の下屋敷から向かうことにした。

例年、この一日だけは大雪となっても顔を出さなければならないのは、月ごとの謝金をもらうためばかりか、かつての主君である田沼家への忠誠に通じるところがあったからだった。

御三家の尾張とはいえ、徳川家指南役の柳生に勝ってしまった譜代の田沼家臣だった半四郎であれば、他藩と関わりつづけることこそ藩主のためになると言われていた。

「一万石でしかない譜代の田沼だ。殿が窮地に陥《おちい》った折、助け舟を出してくれるのは、他家の大名よりほかにあるまい」

隠居とはいえ、旧臣は忠義を守るものだと諭《さと》してくれたのは、懇意になっていた他藩の江戸留守居役だった。

そして昨日、北町奉行所の遠山左衛門尉《さえもんのじょう》から、影目付《かげめつけ》を命じられた半四郎である。

天保改革の最中《さなか》、どんな役に立てるか分からないものの、譜代や外様の諸藩の動向がうかがい知れる稽古場に出向くことは、意味があると思えてきたゆえに七ヶ所を巡る必要が生じていた。

「御免」

勝手知ったる藤堂家の下屋敷道場に、顔を出した。

半四郎の声で、藩士が雑巾《ぞうきん》を手にしたまま駈けてくる。裸足で稽古袴の股立《ももだ》ちを取った姿は、どこの道場も同じだ。

今日ばかりは稽古をせず、一同が揃って盃を取る納会となるが、多くは掃除が済んでからだった。

「絹川先生ぞ。みな、あつまれっ」

外様三十二万四千石の藤堂家稽古場は、五十人以上の門弟がいた。

藩祖とされる藤堂高虎《たかとら》は、戦国武将の雄として太閤秀吉に仕えたが、関ヶ原では徳川方として参戦している。

国表《くにおもて》は伊勢の津。譜代並の扱いを受ける外様大名であっても、幕閣においての御役はない。

指南役があらわれたと、大勢が玄関口にあつまった。

「いつもながら納会の日は朝いちばんのお越し、門弟一同こぞって出迎える次第にございます」

廊下の奥まで膝を詰めて頭を下げる姿は、殿様となった気分にさせられる。

「まだ掃除をはじめたばかりですが、先生のお席はできております」

導かれるまま広い稽古場の一段高い上座にすわると、弟子たちは股立ちを外して居並んだ。

「本年もつつがなく稽古を賜《たまわ》り、ありがとうございました。また来年もご指導のほど、ひとえに願い奉ります」

「よろしくな」

半四郎の返事に、一同へ盃がもたらされた。

かたちばかりの盃事が済むと、下屋敷の客間へ導かれる。藤堂家の末席家老が、包みものを前に待っていた。

月謝とは別の礼金一両は、いつものことだった。

石高三十万を超える大名家だから出せるのではなく、大藩だからこその面目が出さざるを得ないのである。

徳川二百年の泰平は、武家を貧しくさせつつあった。天下のまわりものである銭は、商人の懐《ふところ》だけをまわっていた。

大名家にとっては、高《たか》が一両ではない。

が、半四郎は小さく一礼して、無言のまま懐に納めた。

「藤堂さまのご家来衆は、高虎公の名に恥じぬ勇猛ぶりを発揮されております」

「なんの。十日に一度か二度、絹川どのがお出《い》で下さる日しか、あらわれぬ家臣ばかり。算盤《そろばん》が達者なのです」

家老職にあるといっても、半四郎の前にいる武士は若かった。

かつての自分を見ているようで、半四郎は思わず見つめた。

「わたくしの顔に、なにかございますか」

「いや。お若い江戸家老どのと、感心いたしましたのです」

「なにを申されますか、絹川どの。貴殿こそ十数年前、江戸詰の家老であったではありませんか」

知る人ぞ知るのが、相良《さがら》藩江戸家老格の絹川半四郎だった。

「されども私は、家老格。お政事向きの務めはなにひとつ致しませなんだ」

その理由《わけ》を訊《たず》ねない藤堂家の若い重役は、できる男のようだ。

半四郎の御前試合一件は、諸藩の大名や重臣の多くが聞き知っている。それをあえて口に出さない藩邸に、半四郎の出先は限られていた。

「幕閣のお歴々が、改革騒ぎで忙しそうでございますな」

「外様の藤堂なれば、公儀《おかみ》のご意向に従うしかござりませぬ」

「しかし、大所帯となるご当家では、江戸詰のご家来衆も息苦しがっておるのでは」

北町奉行の意向をことばにしたつもりではなかったが、なんとなく訊いてしまった半四郎である。

「まぁ忠告するといっても、市中で出すぎた真似を慎しめくらいなことですが、城中では改革に異を唱える方々が今になって出てきたと耳にしております」

改革が唱えられて、早くも二年目となっていた。

「水野越前さまの改革は、大胆にすぎるようですからな」

半四郎にしても、余計なことをしゃべるわけにはいかなかった。

それでも外様の大名が城中で耳にしたのだとしたら、異を唱えたのはそれなりの位にある者にちがいなかろう。

改革は号令同様となって、強制された。

にもかかわらず、一つとして効果を見ていなかった。

芝居小屋が一つ町に押込まれ、市中に数百あった寄席《よせ》がわずか十五に縮小され、公序良俗を乱す祭礼は中止、岡場所は撤廃となり、諸藩の名産品は統制下におかれ、問屋や組合が解散させられていた。

が、いっこうに世の中は良くならないままなのである。

江戸城中の大名ばかりか、市中の町人までもが文句を言った。

「芝居の大立者《おおだてもの》、成田屋の海老蔵《えびぞう》が贅沢三昧《ざんまい》をしたかどで、江戸所払《ところばら》いとなっちまった。行先は、大坂だとよ。なんてこったい」

「毎晩のお楽しみ先、寄席がなくなったのはつまらないけど、出ていた芸人さんたちはどこで稼ぐんだろうね」

一年たっても、江戸者は前のときのほうが良かったと、少しも馴れる様子を見せないでいた。

大名に町人の声が届いたとは思わないが、上から下までが改革に異を唱えはじめたことは、意外なことだった。

遠山左衛門尉は、とうに知っていたにちがいない。とすると、半四郎には更に深いところを探れということになる。藩邸の指南役ごときに務まる影目付役ではなかったと、おのれの迂闊《うかつ》さを悔んだ。

若い江戸家老が、そういえばと口を開いた。

「剣術ご指南役には関わりないでありましょうが、肥前長崎会所《かいしょ》の町年寄が投獄されたのだそうです」

長崎会所とは、地元の有力町人による異国との交易商人組織で、目利きにもすぐれた者が多いと言われていた。

「抜け荷ですか」

「つい先日といっても長崎ともなれば、ひと月も前のことでしょうが、高島秋帆《しゅうはん》と申す異国の大砲《おおづつ》を学んだ者だとかで、禁じられている異人と私交したためと聞いています」

「大砲、異人……。長崎で」

長崎は天領となっているが、隣の肥前佐賀は外様の鍋島である。

藤堂と同じ外様大藩であれば、砲術家の投獄はすぐに聞こえてきたにちがいない。

「ご老中水野さまは、なにゆえ異国に通じる者を牢につないだのか、図りかねるのです」

奥州や北国でも西国でも、異国に近い外様大名同士のやり取りは、異国に精通する者をなぜのひと言に集約されるだろう。

町奉行の遠山は投獄を知り得ているはずだが、幕閣に連らなることのできない外様の大名たちが早くも知っていることを、気づいていないのではないか。

北町への土産話になるものかは分からないが、半四郎は長崎会所の高島という名を胸に刻んで、藤堂家の屋敷をあとにした。

二

次いで半四郎は、元藩士として禄を食《は》んでいた遠江相良藩下屋敷の築地明石町へ向かうことにした。

江戸詰となって以来、顔を出していた下屋敷である。柳生《やぎゅう》との御前試合のあと、半四郎を匿《かくま》うかとされたのも下屋敷だった。

半四郎にとっては、わずか二年の江戸詰家臣でしかなかったが、隠居とされてのちも江戸に住む半四郎であれば、腹を割って話せる藩士もできていたのである。

ただし、田沼家の江戸道場はなかった。

国表《くにおもて》の相良で腕前と人物を見定められた半四郎は、江戸屋敷に道場を創るべく送り込まれた。

しかし、柳生との立合いは、隠居の身とさせられただけでなく、江戸道場そのものも潰さざるを得なかった。

ゆえに相良藩田沼家江戸屋敷に、稽古場はない。当然ながら、半四郎の出入りは少なくなった。

とはいえ、国表に残る妻女や伜《せがれ》の恭一郎《きょういちろう》の話を、それとなく伝えてくれる者が出てくるようになっていた。

安井銀之進《ぎんのしん》は、田沼家の祐筆方《ゆうひつかた》として代々江戸詰を賜《たまわ》っている藩士だった。明けて、四十になる。四代前の曾祖父《そうそふ》が絹川家と姻戚だったことから、親しくなった。

いつもは飯田町の上屋敷に詰めているが、用のない日は、下屋敷にやってくるのが常となっている藩士だった。

「下屋敷には、古文書の類《たぐい》が山と積んであるにもかかわらず、誰も見ようとしないのです」

「銀之進は、それを読むか」

「藩祖意次公は、銭かねに執着した老中といまだに言われております。そうした老中が、二十年余も人の上に立っていられるはずがあるでしょうか」

それを解明すべく、田沼意次の書いたものや言い遺したことばをもとに、無念を晴らすのだと言い切った。

祐筆役ならばこその、忠義といえた。

半四郎と話していても、必ず昔の話を引き出してくる。

若い時分から、年寄りじみたところを持っていた。というより、古い話も含めて他藩のことにも精通している男と見たので、半四郎は銀之進に会いたくなったのだ。

「来ておるか、安井どのは」

門番の年寄りは半四郎を見て、うなずいた。

「上屋敷の大掃除などまっぴらと、朝早くからいらしておりますですよ」

書庫となっている北側の別棟を指し、笑った。

古びた別棟は開け放たれ、銀之進は虫干しをしていた。

「これは絹川どの、お忙しい師走でございませんでしたか。三十日は、確か稽古場はどこも納会のはず。剣術の師は、走らねばならぬ日でしょう」

「つまらぬ軽口、かようなところに籠《こも》っておる者のことばらしいな」

「申しわけありません。江戸にいながら、野暮な田舎侍で」

「おぬしを揶揄《からか》いに参ったのではない。実は教えてほしいこと、ことによったら調べてもらいたいことがありそうなのだ」

半四郎のことばに、銀之進は目を輝かせた。

「祐筆役ならではの、仕事らしい仕事ですね。いったい、どのようなものでしょうか」

「長崎の高島秋帆という名を、聞いたことあるか」

「はい。代々長崎会所の町年寄として異国の荷を捌《さば》き、オランダ屋敷の異人にも詳しい者と知られておりますが、去年の夏に板橋宿の外れ徳丸《とくまる》ヶ原《はら》にて、オランダ流の調練術を披露《ひろう》した者です」

「その秋帆が、長崎の地にて投獄されたそうな」

「――――」

銀之進は信じられないとの目を向け、ほんとうかと訊いてきた。

「入牢《じゆろう》はまちがいないようだ。お縄となった理由は、異人との私交ということらしい」

「馬鹿な。どこまで異人に深入りしたか存じませんが、板橋での披露は幕府が認めておこなったはずです。高島秋帆は、砲術家でもあります」

「安井に怒られても、私にはどうすることもできぬが、秋帆とやらの砲術は凄いものなのか」

「見たわけではありませんが、凄まじいものと聞きました。関ヶ原の戦《いく》さ以前、上杉家中に関八左衛門《せきはちざえもん》と申す名だたる砲術師があり、その末裔《まつえい》が土浦藩主の土屋家に仕えております。というより、関流と称した砲術の門弟が、諸藩に散らばったのです」

「関流と高島流は、ちがうのか」

「でありましょう。高島流の威力は倍以上もあり、異国の大砲はとんでもない代物《しろもの》と噂されております」

「秋帆だかは、武士ではあるまい」

「町人です」

「よからぬ企《くわだ》てをしたのであろうか……」

「それを拙者に、調べろと――」

「うむ。できるなら」

「面白そうですが、絹川どのは調べた結果をどうなさるおつもりですか」

「まぁそのつまりだが、私のなす剣術など大砲《おおづつ》を前にして役にも立たなくなるのかと、考えてしまったのだよ」

半四郎は咄嗟《とっさ》の出まかせに、われながら舌を巻いた。

「剣術に役立てるなら、砲術の弱点を見つけるとよいかもしれません。撃ち終えた直後の作法が分かれば、砲門に近づいてからの攻め方に工夫が生まれますね」

「安井の考えには、頭が下がる。ひとつ徹底して、調べ上げてくれ。これは掛りとなる出銭に、用いてくれ」

一両を懐紙に包み、小藩の祐筆役へ握らせた。

「こ、こんなには」

「四十ともなれば子の祝言《しゅうげん》など、なにかと物入りではないのか」

半四郎のことばに、銀之進は頭を下げながら受け取った。


遠まわりをしたが、半四郎は次の稽古場に向かう途中で考えた。

幕府の改革は、てんてこ舞いを見せている。その中で、改革とは無縁に思える長崎の砲術家を投獄した。

砲術家としてではなく、ひとりの町人として抜け荷を隠していた長崎会所の町年寄というのなら、改革の目玉となる奢侈《しゃし》に引っ掛かるだろう。

――しかし、砲術家として長崎から招いたほどの秋帆ではないか。異人との私交くらいで、捕えるとは思えぬ……。

もう一つ首をかしげたくなることに気がついた。

政《まつり》ごとには部外者でしかない半四郎に、藤堂家の江戸家老が長崎の高島秋帆の話をしたことである。

偶然といえばそれまでだが、なんらかの含みがあったのかもしれない。

年の瀬となっての数日、半四郎には思いもしないことがつづいている。

二年ぶりの柳生襲撃が二度つづいたこと、北町奉行から御免状をもらったこと、そして腎虚《じんきょ》……。

加えて、今朝の話となった。

剣術流派の私闘から、大砲の話に拡がっていた。その中に、私事《わたくしごと》となる老化が入り込んできたのである。

半四郎が教える剣術は、強い心をもつ侍を仕立てることに重きが置かれていた。

「江戸勤番の藩士は、総じて国表の者に比べ武芸の精進をせぬ」

江戸詰の藩士は藩主が江戸城に登城する日、下城するまで警固をすることにはじまり、領民とちがう江戸の町人は扱いづらく、おかしな恰好をするだけで田舎の浅葱裏《あさぎうら》と笑われるのだ。

「剣術の稽古など、しておられぬ」

たとえ戦さにならなくても、しっかりした意志を有す藩士が必要なのだった。

「算盤《そろばん》ばかり上達します」

重役は嘆いたが、それでも半四郎が指南役となっている藩邸の者は、それなりに育っているような気がした。

「まぁ、手前味噌かもしれぬが」

独りごちた。

「あ、絹川さま」

脇から声が掛かってふり向くと、一之介《いちのすけ》が腹掛け姿で立っていた。

「かようなところで」

「ここは神田白壁町《しらかべちょう》です。あっしの新しい仕事場となりました」

一之介の横に、藍染の大きな暖簾《のれん》が躍っている。

「正月明けとなって働くと聞いていたが」

「なにごとも早いほうがいいと、挨拶に来たら、ちょっと手伝ってくれと言われました」

染めた物を干したところに、半四郎が見えたのでと、一之介は出てきたようだ。

目を上げると、ところ狭しと藍色に染まった布が、通りの上に立ち並んだ竹竿《たけざお》に翻《ひるがえ》っていた。

「初めて見るが、見事なものだな。江戸名所の一つになる」

「とっくの昔に北斎翁《ほくさいおう》が、冨嶽《ふがく》百景に描いてまさぁ」

薄青く染まった手、これぞ天職と笑う顔。どちらも、先夜男になった一人前の職人らしさを存分に見せつけてきた。

「よかったな、一之介」

「それもこれも、絹川さまのお蔭です。ありがとうございました」

「礼など、伊勢甚《いせじん》の番頭へ申せ。しっかり働け」

「へい。あのぉ、こんなところでなんですが、やっぱり弟子にしてもらいてぇんです」

「剣術のか」

「まさか。あっち、あっちのほうです」

下腹に目をやった一之介を見た半四郎は止《よ》せ止せ手をふって、歩きだした。

その半四郎のあっちのほうは今、どうしようもない老境にさしかかってしまったのである。

人に教えるどころか、男を辞めなくてはならないかもしれないのだ。

若い職人に追い打ちをかけられたような気がして、眉間《みけん》に皺《しわ》を寄せた。

「絹川先生。諦めませんですからっ」

一之介の大声に、初老男の深刻さが増してしまった。

——かような顔つきで、藩邸の稽古場をまわるのはな……。

年納めの会は、弟子にとって宴《うたげ》の場になっていた。そこへ師となる者が渋い顔であらわれては、水を差すことになる。

半四郎の足取りは重くなった。というより、尻子玉《しりこだま》を抜かれたほどの弱々しさを見せてきた。

まだ六ヶ所の稽古場をまわらなければならないのだ。

新年の挨拶ではないといっても、本年最後の席で苦い顔をするのは、かような藩邸での稽古は嬉しくないと言っていることになりかねない。

——芸者どもと同じほどの愛想が、嘘でもつけるように習っておくべきであった。

もう遅い。

背ごしに明るい声が立った。

「先生。お供をさせていただきます」

ふり向くと、一之介がにこにこと笑っていた。

「藍染屋の仕事を、投げ出して参ったのか」

「いいえ。師匠と出会っちまいましたと言ったら、草履取《ぞうりと》りくらいのことはしろって」

「今から向かう先は、大名家の稽古場だ。藍染屋の町人が入れる屋敷ではない」

「でしたら、門の前で待っています」

「門番がやかましいと、そうは行かぬ。雪になるやもしれぬゆえ、風邪などひいては損だろう」

　知らぬまに空は重く垂れ込め、白いものが落ちそうな気配を漂わせていた。

「このていどなら、風邪なんぞもらいませんや。お仕事の邪魔はいたしませんので、お供します」

　一之介は半歩うしろを、歩きはじめた。

「青くなった藍染屋の手が、寒そうだ」

「先生は藍染屋と仰言《おつしや》いますが、当節は紺屋《こんや》と言うほうが通るんです」

「そうか。『紺屋高尾』噺《はなし》を思い出したぞ。あれは確か吉原で最高位の花魁《おいらん》を、紺屋職人が射止めた物語であった」

「へい。物語は嘘かもしれませんが、紺屋の職人だって言うと、女郎にもてるって聞きました」

「先夜の吉原では、もてたか」

「まぁまぁです」

「若霞《わかがすみ》とかの花魁は、身請けしてくれと、おまえに縋《すが》ったか」

「とんでもありません。寝てくれただけで恩の字だと、伊勢甚の番頭さんが言ってました」

「藍、いや紺屋の一。どうだ、これから吉原へ繰り出さぬか」

「まだ明るい、午《ひる》まえですけど」

「暗くなっては、年の瀬は大賑いとなるのが色里だ。行こう」

「でも先生、稽古場に顔を出すのではないんですか」

「構わぬ。今日中にまわれば済むこと」

半四郎は踵《きびす》を返すと、北に取って返し、一路吉原の色里を目指した。

紺屋高尾の話となって、半四郎は一昨日できたことを思い返したのである。

竹虎《たけとら》花魁と、やれたではないか。それが吉原伝統の手わざだとしても、半四郎は男になれたのだ。

試してみる価値があると、そわそわしだしただけではなかった。

――もし、できなくなったとした場合、つい先日できて今日できないとなると、玄人《くろうと》である花魁にとって恥になろう。

縮こまった亀を、竹虎は必死に引き出そうとするにちがいない。

「それこそが、廓《くるわ》の仕事……」

勝手な思いつきでも、半四郎にはひと筋の光明となった。

ハラリと白いものが肩に掛かり、足を早めた。

一之介が口元を弛《ゆる》めて、随《つ》いてくる。

「やっぱり先生は、あっしを弟子にして下さるんですね」

「えっ。私は紺屋職人の旦那になるわけでは、ないぞ」

「分かってます。銭は自分で稼いで上がります。先生の立居ふるまいや、遣《つか》うことばを学ぶことで、男にさせてもらえばよろしいのですから」

半四郎の懐《ふところ》には、一両しかなかった。

藤堂家で月謝と一年納めの謝礼とで二両あったが、一両を安井銀之進に渡していた。

毎年のことながら、納会の日は半四郎にとって掛取《かけと》りのような日となっていた。

どこも決まって一両とは限らないものの、市中の七ヶ所をまわれば十両以上が懐《ふところ》に納まる師走三十日だった。

一両では、一之介の分が心もとないのである。

善は急げと、小走りになった。

三

京町二丁目の若竹《わかたけ》は、軒を並べるどの見世《みせ》とも同じように、門松が表口に立っていた。

吉原そのものは、思いのほか人出が多かった。

大掃除から逃げてきたわけではなかろうが、午《ひる》どきの今から客らしい男が、見世の籬《まがき》と呼ぶ張見世の紅い格子に首を突っ込むように娼《おんな》の品定めをしている。

「素見《そけん》ってやつでございますよ、絹の旦那」

若竹の前に立った半四郎に、見世の男衆《おとこし》が心安げに声を掛けてきた。

「そけんとは、なんである」

「冷やかしです。先生」

答えたのが一之介だったので、色ごと指南役の面目が立たなくなった。

「いやその、なんである。そけんとは、粗い剣さばきを申してな。粗剣が廓《くるわ》でと、いや武芸と同じことばを用うるとは……」

男衆も一之介も、嘘っぽいと目を交しあっていた。

——舐められてか。

が、半四郎は、そうしたことにかまけていられないのだ。

「早速だが、竹虎花魁《おいらん》を」

「へい。喜んで出て参ります」

半四郎は一之介を見た。

笑っている。土間に立った姿は、指先の青いのを除けば、若い男衆と変わらなかった。

「あらま、絹川さま。ようこそ」

女将《おかみ》が肥《ふと》り肉《じし》の尻をふり、奥の暖簾《のれん》から出てきた。

「お待ち申し上げていたんでございますよ、竹虎ともども。いえね、絹川さまの手馴れた扱いにメロメロになりりんしたと」

愛想のよさは、絶品である。

が、半四郎は女将に会うために来たのではなく、花魁を抱きに来たのだ。料理や酒とちがって、女の体そのものの良し悪しは、ちょっと味見とはいかない。重なって合わせてみない限り、分からない。

つまり、そこに至るまでが、商売の勘どころなのである。

「客を上げちまえば、こっちのものよ」

廓の者は、こうつづけた。

「終わって不味《まず》いのなんのとのたくったところで、てめえが下手だったと思わせりゃ、またやってくらぁ」

なんとも乱暴な商売ではあるが、生きものを貸し与える稼業とは、そうでないと情に絡《から》め取られて立ち行かなくなると聞いたことがあった。

馴染み客扱いとなれば、胡散《うさん》くさい遣《や》り手の婆さんは出てこない。大小を預けると、女将が先に二階へ上がってゆく。

まだ三十半ばか、熟れきった女将の尻が半四郎の目の先に揺れていた。

女将と知らない客は、髪飾りを外した見世の娼と思うだろう。半四郎が思わず手を伸ばすと、張りきった丸みに当たった。

「あれ、なんと」

幅広の梯子段を上がりきる寸前で、女将の足は止まって、ふり向いた。下から見上げると、大年増《おおどしま》の鼻がわずかにふくらんだ。

「ご亭主には羨《うらや》ましいぞと、客が申していたと伝えてくれ」

「花魁に、睨まれますでございますよ」

「それだけの値打ちがあると、自慢いたせばよい」

「どうしましょう」

「私と道行《みちゆき》となってみるか。雪の降る中、手に手を取って」

「本気にしますですよ」

笑いあった。それでも大年増の目に一瞬、真面目が見えたのを、半四郎は見逃さなかった。

花魁や芸者もいいが、他人《ひと》の女房を寝盗るのが女道楽の極みであったと、半四郎は思い出した。

「本降りとなりそうです」

表口の三和土《たたき》で、男衆が声を上げた。

「絹川さま、熱いところをつけてお出しいたしましょうか」

「いや、今日は長居できる身ではないのだ。野暮となろうが、花魁の部屋へ」

女郎屋稼業の女将であれば、公私の区別は瞬時に入替えられた。

「承知いたしました」

中《ちゅう》見世の筆頭花魁は、次間《つぎのま》を持つ資格があるようだ。

半四郎が部屋に入っても、竹虎はあらわれなかった。

唐紙《からかみ》一枚の向こうで仕度をしているらしく、男を焦《じ》らすのも手管《てくだ》のようである。

ぶ厚い座布団、蒔絵《まきえ》の火鉢が二つ、真新しい紙の貼られた行灯《あんどん》は隅に置かれ、茶簞笥《ちゃだんす》が一棹《ひとさお》あった。

先夜の半四郎には一つも記憶にないものばかりだったが、今は一つ一つが目に入ってきた。

餌を前にした雄《おす》は、一目散に飛びつくので周りが見えなくなる。しかし、周りが見えてしまう今日の半四郎は、雄になれずに考え込んでしまった。

こんな昼間から、裏を返しに来た助平《すけべ》親仁《おやじ》とされれば、本気になって相手をしてくれないのではないか。

本気とならずとも、適当に相手をされたとしたら、半四郎は終幕の引導を渡されてしまうのだ。

考えれば考えるほど、深刻になってきた。

目をつむる。

股ぐらが、少しも熱を帯びてこない。

着ていた羽織を脱ぐことも忘れ、敷居口の柱にもたれかかった。

部屋は、二階の奥になっている。見世の表で交される話は、まったく聞こえてこなかった。

静かにすぎた。

猥雑《わいざつ》な話し声や、いかがわしい喘《あえ》ぎがあったほうがその気になるのだがと、静寂を恨《うら》んだ。

――来なければよかった……。

半四郎が嘆いたとき、次間の唐紙が開いた。

昼の明るさが、貼り立ての障子を通して部屋を明るくしていたところに、まぶしい白さをもった裸身が立っていたのである。

遊女の十人が十人、はじめから裸というのは聞いたことがなかった。

客に脱がさせる。わざと焦らす。冬であれば寒いと言って、裸を嫌う娼もいるというのに。

逆三角を見せる黒い翳《かげ》りが目に入ると、半四郎は知らず口を半開きにしてしまった。

「――――」

ゆっくりと近づいてきた。

気の強そうな目元が、笑って見えた。

手の届くところで、竹虎は膝をついた。

「かように早う、おいでなりんした。竹虎、心より嬉しゅうござんす。この上は、いかようにもしてくんなまし」

頭の髪飾りが重そうで、細い首が折れてしまわないかと気になってしまった。

が、首に比べて腰は豊かに肉づき、鳥肌ひとつ立っていないのが不思議に思えた。

重ねられた夜具は、次間に仕度されていた。

一糸まとわぬ様に目を瞠《みは》ったものの、半四郎の腰のあたりはいっこうに熱くなってこなかった。

「頼みがある。そなたは今いかようにもと申したが、この私を女《お》なごを知らぬ男として、導いてはくれぬか」

「あい」

位のある花魁であれば、客の言いなりにはならないものだが、好いた男には言うがままのことをするようである。

竹虎は半四郎の羽織の紐から解きはじめた。

目の前に、椀型の乳がある。それが鼻をかすめて、羽織を脱がされた。

男帯の結び目に手が掛けられたときは、女の鼻息が半四郎の首すじを吹いてきた。

シュルルと博多献上の帯が外される。腰紐も解かれた。

すわったまま、黒羽二重《くろはぶたえ》の紋付が肩から脱がされた。

そしてなにを思ったか、竹虎は髪にある櫛や笄《こうがい》を抜きはじめると、結ってあった髷がハラリとほどけ、黒髪が肩に掛かった。

刹那《せつな》、花魁の両手が半四郎の顔を抱え、唇を重ねてきた。

息が止まるかと思ったのは、あまりに強く吸われたからだった。

女の湿った熱い吐息が、差し込まれた舌と一緒に押し寄せてきた。すると元服したての頃の、隣家女中とのことが鮮やかに甦《よみがえ》ってきた。

——あの折と同じだ……。

理知の箍《たが》が外れた。

半四郎の腕は、花魁の黒い翳《かげ》りに向かって伸びた。肘《ひじ》の内側が黒いところにあたって抱え上げると、半四郎は立ち上がった。

「あれ……」

花魁の軽い体は持ち上げられ、次間に運ばれる。雄に目覚めた男は、元服の頃そのままとなっていた。

男の終幕とはならずに済んだ。

四

年末年始は玄人《くろうと》の女どもにとって、忙しいのが恒例となっている。

ただし官許の廓《くるわ》は、元旦だけが休日となっていた。

芸者たちは髪に稲穂を下げ、贔屓《ひいき》の客たちのところへ挨拶に走りまわる。女髪結《おんなかみゆい》は、その芸者たちの髷《まげ》をつくるのに汗をかいた。

商家では藪入《やぶい》りと言って、女中たちはみな親元へ帰った。

この十年余の半四郎の年末年始は、質屋伊勢甚《いせじん》の屠蘇酒《おとそ》と雑煮《ぞうに》おせちで、ゆく年くる年を祝うと決まっていた。

元藩士ではあるが、藩邸へ年初の挨拶に行くこともなかった。

絹川半四郎の隠居暮らしは、柳生を倒したことにより、世間体を憚《はばか》るものとなっていたからである。

数えること五十三となった孫が四人いる爺さんだが、かつての国元には一度も帰ってはいない。

双親《ふたおや》はとうにいない上に、恩師だった念流の師もそれ以前に亡くなって久しい。

墓を守れとは親戚の声だが、倅《せがれ》の恭一郎が見てくれている。

その恭一郎は半四郎の妻女いよの実家を継いで山岡姓を名乗ったが、血筋がつながっているのだからと、意に介さず守ってくれていた。

藩邸の道場は、町の道場とちがい、稽古はじめは屋敷の正月行事が済んでからだった。

おおむね、七草をすぎてから。すなわち正月の半四郎は武芸とも女とも無縁の、独りとなるのだ。

侘びしいとか淋しいとは無縁の、清々《すがすが》しい日々を過ごせるはずだった。

「絹川先生に、安井さまと仰言《おつしや》るお侍さまがいらしてます」

藪入りに帰れない伊勢甚の番頭小平《こへい》が、相良藩士安井銀之進の訪れを告げてきた。

「年始の挨拶なれば改めてと、帰ってもらえ」

炬燵《こたつ》に足を入れ、上から掻巻《かいまき》を掛けて横になっていた半四郎は、物憂《ものう》げに答えた。

「いつもの正月のことですから、手前もそのように申し上げたのですが、国難にもなり得る一大事とかで」

大袈裟な祐筆役《ゆうひつやく》と、半四郎は昼寝を妨《さまた》げられた渋い顔で起きあがった。

「おめでとうございます。絹川さま」

小平の背後には、すでに銀之進が控えていた。

「御酒の仕度をして参りましょう」

番頭が出て行くのを、銀之進は無用だと言って戸を閉めてしまった。

「正月三日ではないか、安井。祐筆役なれば、なにがあっても落着くべしであろう」

「挨拶は抜きます。長崎の高島秋帆のこと、かなり分かりました」

言った銀之進は草履《ぞうり》を脱いで上がると、次間《つぎのま》から押入れや厠《かわや》まで覗き込み、誰もいないことを確かめてすわった。

「私が頼んだのは四日前、肥前長崎から船で上府しても、七日や八日はかかろうというもの。容易にすぎる」

「それが、偶然が偶然を呼びました。絹川さまが帰られて、わたくしはすぐに懇意の蘭方医を訪ねるつもりでおりました。と申すのも、この男は近々、長崎へ二度目の蘭学修業に出ることになっていたからです……」

長崎での探索を頼むつもりだったと、銀之進は一気にしゃべりだした。

江戸の蘭方医は、先年の蛮社《ばんしゃ》の獄《ごく》におどろき、小さくなった。懇意の医者も周辺を町方に見張られているようで、家の者が怖がるようになっていた。

遅まきながら、一家をあげて長崎行きを決めたのである。

荷をまとめ、さて明日にもと旅立ちの仕度がととのった師走三十日の朝、長崎から旧知の蘭学者が飛び込んできた。

「長崎の会所が上を下への騒ぎで、その蘭学者、オランダ語の通詞なのですが、お縄になりそうなところを逃げてきたわけです」

「通詞まで投獄されるというか」

「はい。わたくしが訪ねたのが、通詞が飛び込んできた晩だったのです……」

秋帆は、その通詞がまだオランダ語を習いたての頃、一冊の本を訳すように言ってきた。

「よい勉強になると訳していると、その本がオランダの砲術書であると分かったそうです。返すべきかと悩んでも仕方ないというのも、会所では一、二の有力者だったのが秋帆だそうで、とりあえず完訳をして提出をした。すると手間賃だと、一両をくれたわけです」

言いながら銀之進も一両を出し、半四郎に返しますと押し出した。

「なにも、おぬしが同じように怖がるものではあるまい」

「ことは国難に関わる政事向きとなるのですから、わたくしが嫌疑を受けることになれば、相良藩にも迷惑が及びかねません。ゆえにそれはいただかなかったことにねがいます」

「藩士とは、厄介なものだ」

「清廉潔白《せいれんけっぱく》と言っていただきましょう」

「分かったゆえ、先を申してくれ」

「砲術書を読み解いた秋帆は、海防の重要さに気づきました。現今のわが国の大砲《おおづつ》は、古すぎると上申したわけです」

「蹴られたわけだ」

「とんでもない。ときの長崎奉行は分かったと、新しい銃や大砲を数百も買入れる許可を出したのです」

「数百も、長崎奉行が買ったと……」

「買ったのは、高島家。そして秋帆は砲術書にあるとおり、門人をあつめて教えはじめたのです」

「それで投獄されたのか――」

「奉行の許可があるのであれば、投獄などされません。そのオランダ武具の買入れは、十年も前のことだそうです」

半四郎のほうが逸《はや》り、銀之進は落着いてきた。

「なれば秋帆の投獄理由は、なんだ」

銀之進はすわり直した。そして声をひそめながら、半四郎を上目づかいで見つめた。

「口外無用なれど、絹川さまは阿片《あへん》の戦さがあったことを、ご存じでしょうか」

「うむ。藩邸をまわっていると、それとなく全貌が見えてくるものだ。安井こそ、どこで知った」

「わたくしは祐筆を仰せつかる身、殿のおことばを一言一句書き留めておりますゆえ……」

エゲレス国が阿片を清国に蔓延《まんえん》させ、骨抜きにしたところで戦争を仕掛けた。難なく勝利を収めたエゲレスは、交易の中継地となる港を自国の領土としてしまったのである。

幕府も、これにおどろいた。というより、考え方が二つに割れてしまった。

「清国と同じ目に遭わぬためには、海防を強くし、異国を撃退するのが祖法に則《のっと》る施策なり」

「なにを申されるか。砲門ひとつ取っても勝ち目は見込めぬ。いっそ開港すべきではないか」

絹川半四郎や安井銀之進が口を出せる話でなければ、ましてや町人が知るところでもなかった。

政《まつり》ごととは、老中らが決め、将軍が裁可《さいか》するのだ。

が、阿片を吸って腑抜《ふぬ》けにさせられたのは、清国の民である。

「安井が言わんとするところは、秋帆が阿片を配っておったと——」

「まったくちがいます。わたくしが見ても、通詞の男は下心のない、嘘のつけぬ者でした。高島秋帆を、二人とない国士と称《たた》えております。それに長崎には不穏な動きなど、見られないとも申しておりました」

長崎会所の大人物と見做《みな》す秋帆を獄につないだのは、処罰ではなく、なにかが拡がってしまうのを抑えるためではないか。

阿片とはいわないまでも、異国に関することであるのはまちがいないようだ。

「安井。幕府は、なにをもって秋帆を押し込めたと考える」

「徳川将軍家の陪臣《ばいしん》にすぎぬ譜代家藩士でしかないわたくしには、考えたところで——」

「愚か者め。芥子粒《けしつぶ》ほどであっても、国を憂《うれ》うこと人に倍せねばならぬ。思いつくまま、申せ」

半四郎に促され、銀之進は口を結んだ。

「途方もない戯《ざ》れ言《ごと》から申しますなら、秋帆がオランダと通じて秘かに開国、いえ開港を図ろうとしたのではありませんでしょうか」

「鎖国との祖法を、長崎の町年寄ごときが引っくり返そうと企《くわだ》てたか」

「しかし、わたくしが聞く限り、秋帆は勝手なことはせぬと思います。何者かが、蘭人と通じた秋帆がよからぬことをと、讒言《ざんげん》したのではないかと」

銀之進は逃げてきた長崎通詞から、高島秋帆の罪状は抜け荷で、万石に匹敵する財をなしたのが奢侈《しゃし》禁令に抵触したためと聞いたと、付け加えた。

「なれば何者が讒言をしたかだが、秋帆の人望を妬《ねた》む輩《やから》は誰だ」

「絹川さま。これではまるで、裁きの場で訊問をされているようです」

「そうか、安井を責め立てたか。なれば、一緒に考えてみよう。天下一の砲術家の、敵になりそうな者を」

半四郎はことばを交していると、どうしても銀之進のほうが、目上の元藩士に気を遣ってしまい、斬新な意見が出ないからと、半紙と筆を取り出した。

「思いつく限り、秋帆の敵を書け。私も、書いてみる」

互いに背を向けあって、しばし筆を走らせた。

五

四半刻《しはんとき》弱。あまりに長いので、半四郎は声を掛けた。

「どうだ。もうよいか、安井」

「いえ。理由を今」

「理由なれば、口頭で申せ」

名を挙げるだけでなく、銀之進は理由まで記していたのである。

銀之進の紙から、目を通すことになった。半四郎は自分が書いた者と重複する人物から口に出すことにした。

「南町奉行の鳥居甲斐は、江戸の町人でも悪役に挙げそうだな」

「当代随一の悪人です。秋帆が蘭人に関わらなかったとしても、奢侈禁令に触れた商人となれば、捕縛《ほばく》の命令は下すでしょうし、長崎奉行はそれに従ったと考えるべきです」

「うむ」

鳥居甲斐守と書かれた頭に、半四郎は丸印を付けた。

「次に重なる者だが、老中首座の名がある」

「甲斐守と同じようなものですが、水野越前さまはかつて肥前唐津藩主でした。長崎での交易とは別に唐津藩独自の――」

「申すでない。私も思いすごしと考えたいが、長崎会所の町年寄なれば、大名家の抜け荷を見つけ得る立場にあったろう……」

水野越前守忠邦は、二十五年前に肥前唐津から、遠江浜松へ移封を申し出て認められた。国替えの理由は、参勤交代が楽になるためと言われていた。

やがて忠邦は出世の階段を昇りつめ、老中首座になった。

大名の国替えは想像以上の物入りとなるが、忠邦は自ら申し出たことであり、自腹を切っていた。その出銭が抜け荷によるものだと、半四郎も銀之進も思いを至らせたのだ。

長崎のある肥前には、外様では鍋島家が佐賀に、大村家が大村に、松浦《まつら》家が平戸に、それぞれ居城を構えている。

唯一、唐津藩のみ、譜代が天領長崎を見張るかたちで送り込まれていた。外様とちがい、譜代は幕府の信が厚く、抜け荷をするはずはないと思われていたかもしれなかった。

「しかし、二十五年も昔のことを、秋帆が蒸し返したとは思えません」

「確かに長いこと、長崎会所の町年寄はそれらしきことを口に出さなかった。が、改革の最中に噂でさえも流してもらっては困るのが、老中首座どのだ」

「口封じですか、やはり……」

ふたりの考えは一致した。が、これ以外に書き出した名は、異っていた。

「安井、関一派とあるのは、旧来の砲術流派のことか」

「そうです。高島流と称した新しい砲術は、関流を身につけた連中には脅威となります」

「国を憂《うれ》うのではなく、おのれの立場に固執することは、幕府の屋台骨を危うくするのを見すごしてしまう。これが天保の御代《みよ》に禄を食《は》む者の、情けないありさまだ」

「幕閣にある方々も同じ穴の狢《むじな》だと、国は滅びます」

銀之進の滅ぶとのことばに、半四郎は眉を曇らせた。

これをそのまま水野忠邦に上申すれば、

「だからこその、改革なり」

と言い切るにちがいない。

そうなれば、半四郎は言い返すつもりだった。

「改革がはじまって二年余、不正は減ったでありましょうが、不満は倍どころか一揆打毀《うちこわ》しを見かねない勢いでふくらんでおります」

が、届くはずのない老中への、意見具申である。

陪臣《ばいしん》でしかなかった元藩士など、歯牙《しが》にもかけない身分制度が厳然と横たわっていた。

「ほかに渋川六蔵《しぶかわろくぞう》とあるのは、誰ぞ」

「書物《しよもつ》奉行となった旗本で、親代々の暦学者です」

通称を六蔵と言い、正式には渋川敬直《ひろなお》。オランダ語にも通じる天文方の気鋭とされていた。

「異国に詳しいのなら、高島秋帆の仲間となってよさそうだが」

「渋川は天文方と蘭方医以外の者が蘭学に関わることを、禁止すべきと上申しています」

「これまた独占したいとの、欲か」

「まだ三十前の若輩《じやくはい》旗本ですが、おのれの見識と書物奉行の地位が、必要以上に当人を大きくさせてしまったようです」

「開国や海防を唱える書物から絵草紙まで、取締りを一手に引受けている役人なのか……」

禄を必死に守ろうとする輩がいる一方には、思いもしない出世から自身を見誤まる者が出てしまうのも、改革のもたらす悪癖となっていた。

「この最後にある後藤三右衛門《さんえもん》とは、金座改役――」

「はい。渋川に負けず劣らず、出世欲の塊《かたまり》と思われます。幕府御金蔵を豊かにするには、豪商を潰すに限りますから」

分からなくもないが、不可解な疑獄に分かりやすすぎることが重なるのは、あてはまらない気がした。

半四郎は、首をかしげた。

同様に銀之進が列挙した長崎会所の町役や長崎奉行配下の与力らも、疑えなくはないが、国難に匹敵する大事にはつながらないと思った。

「では絹川さまの考える影なる人物を、拝見させてください」

半四郎は半紙を銀之進に差出した。

鳥居耀蔵と水野越前とあるほかに一致する人物はなく、相良藩江戸祐筆役は思わず顔を上げて、半四郎を見た。

「いきなり分からないのが、異人とあることです。蘭人が、秋帆の敵ですか」

「蘭人ばかりが、異人ではなかろう。たとえば清国人は、秋帆と親しい蘭人の競争相手ではないか、交易において」

「なるほど」

半四郎は長崎入港の異国船の六割が、清国だと聞いていた。

なにごとも目新しいオランダ渡りの品々は、清国を経由する物と比べ、高価に買い取られているのだ。

「嫌《いや》な言い方をするなら、阿片にやられた清国と同じ目を日本も味わうがいいと考えるなら、オランダ事情に詳しい秋帆を陥《おとし》れ、防備を骨抜きにと……」

えっと声を飲んだ銀之進だが、眉を寄せて大きくうなずいた。

「清国人の、遠慮深謀《えんりよしんぼう》ですか。決して荒唐無稽とは言えませんね。これこそ絹川さまの国を憂いてのお考えと、感じ入りました」

「されど、当の清国人はとうに国へ帰っておるだろう。その先を申すなら、影にいて清国人を操っているのは、エゲレスとならぬか」

「――――」

二百年余ものあいだ安泰だった六十余州が踏みにじられるかと、銀之進は唇をふるわせた。

「問題は、老中の越前どのらがどこまで深慮しているかだ」

「一刻も早く、伝えなければなりませんっ」

気負いはじめた銀之進に、半四郎は軽く手を上げて制した。

「私にも具申の手蔓《てづる》となってくれそうなお方が、ある。思い立ったのだから、早速に出向くつもりだ」

「ご隠居の絹川さま一人より、わたくしめが同道するほうが信用において――」

「いや、おぬしが参れば、相良藩田沼家の名に瑕《きず》がつくことにもなりかねぬ。任せてくれ」

元藩士の隠居が町奉行と懇意な上、影ながら目付を仰せつかっていると知られるわけにはいかなかった。

半四郎は銀之進を帰して、呉服橋の北町奉行所へ向かうべく、仕度をした。

六

正月早々、思いもしない事態を作りあげてしまった半四郎である。

幸いに雪は降り止《や》んでいたものの、黒羽《くろは》二重《ぶたえ》に紋付袴《もんつきはかま》の正装で出向かないと、奉行の遠山に会うことは拒まれるにちがいない。

奉行所とて、三箇《さんが》日《にち》はよほどのことがない限り、休みである。ましてや、半四郎が北町奉行の影目付となったことは、与力も同心も知らないはずだった。

が、エゲレスが高島秋帆を遠くから操《あやつ》って投獄したのであれば、国難に値する重大事なのだ。

着替え終わったとき、半四郎は気がついた。月代《さかやき》と髭をあたっていないことに。浪人ふぜいと見込まれたなら、紋付姿で出向いても、門番は取次いでもくれないだろう。

――海老床《えびどこ》に、親仁《おやじ》の海助《うみすけ》はいるとよいが。

半尺ほど積もった雪道を、半四郎は高歯の下駄で髪結床《かみゆいどこ》を目指した。

〆縄《しめなわ》が、表門に渡されてあった。海老の絵が描かれた障子戸は、動かない。

「ご免。ご亭主、おるか」

戸を叩いた。二度、三度と叩いていると、中から寝呆《ねぼ》けた声が返ってきた。

「留守だ。大晦日、元日と休むまもなく働いた床屋を、休ませてやれってんだよ……」

「海助、おるのなら開けてもらいたい。伊勢甚のところの、絹川である」

「お生憎《あいにく》さまだってんだ。質屋に借りはねえ」

床屋の元旦は、二日のようだ。朝から飲んで、つぶれてしまったにちがいなかった。

無理にでもと考えた半四郎だが、剃刀《かみそり》をもつ手がすべれば、傷をつけられてしまう。

質屋の主人なり女房に頼めないこともないが、侍の髷《まげ》に触れたことはあるまい。となると、これもまた剃刀をもつ手がふるえるのではないか。

――安井を帰す前に、来るべきであった……。

今さらである。

踵《きびす》を返すよりほかなかった。

さてと思いあぐんだ眼前は、両国回向院《えこういん》だった。その裏手に、大徳院という僧房があるのを思い出した。

――僧房なら、頭を剃ることに馴れている。

回向院の裏へまわり、本堂の前で声を上げた。

「頼もう」

「はい」

横手の庫裏《くり》から、寺男が顔を出した。

「ご住持どのとは申さぬが、どなたかお坊さまはおいでか」

「急な死人《しびと》が、出ましたのですか」

「そうではなく、この頭とむさくるしい髭《ひげ》を願いたいと、勝手な頼みごとに参ったのだ」

「出家得度を思い立たれましたので」

「ちがう。床屋の真似ごとを願いたく、まかり越した」

怪訝《けげん》な顔をしていた寺男が、思い出したとばかりに歯を見せた。

「あ。裏にお住まいの、煩悩我執《ぼんのうがしつ》のお侍さま。いつもとちがい、月代が伸びておったので、分からねえでしたよ。へい、お入りなさいまし」

「煩悩、我執……」

仏教用語だが、その意味するところは、欲望のまま狭量な心しか持ちあわせないことをいう。

とき折、半四郎のところから朝帰りをする年増《としま》を見ての偏見だ。

十日に一度、いや月に二度ほどのことを、毎日のようだと思い込むのが、江戸の町人なのだった。いや、僧侶もであろう。

が、今日ばかりは、なんと言われようと剃ってもらうしかなかった。

半四郎と年恰好《としかっこう》の近い僧侶が、口元に笑いを見せてあらわれた。

「新年早々、色欲界《しきよくかい》の寵児《ちょうじ》は忙しそうにござりまするな」

「左様なことでは、ござらぬ。月代と髭を急ぎ願いたい。これは喜捨《きしゃ》として、お納めくだされ」

一分銀を包んだものを脇に置いた半四郎に、剃刀を手にした僧侶は、湯桶《ゆおけ》に濡らした。

「ひとつ凡夫《ぼんぷ》を解脱《げだつ》すべく、丸坊主にいたしますかな」

「ご冗談」

笑い返したものの、気が気ではなかった。

が、髪など半年で戻るのだ。国難を前に僧形《そうぎょう》で奉行所に乗り込むのもありかと、半四郎は僧侶に目を向けた。

「解脱、結構。すっぱりと願いたい」

半四郎の意気に、僧侶は軽口を詫びた。


北町奉行の遠山は、正月早々の半四郎の訪問を、赤ら顔で迎えた。

「絹川どの、上方くだりの酒がございます。いかがかな」

用部屋へと招じ入れようとしたが、半四郎のただならぬ顔に、鋭い目を返してきた。

「火鉢ひとつないところなれど、こちらにて」

遠山は人気《ひとけ》のない書物部屋を開けると、あたりに誰もいないのを確かめ、なにごとか囁《ささや》いた。

半四郎は相良藩士のもたらせた話の経緯を手短に話し、エゲレスがと語気を強めた。

「清国と同じに――」

眉を吊り上げた遠山は〝阿片《あへん》〟と無音でことばをつぶやいた。

「あくまでも、私の臆測にすぎぬこと。しかし、万に一つの懸念をしておくべきではありませぬか」

「うむ。越前さまへは、ほかの者を交えぬところで申し上げておく。絹川どのは、真《まこと》の国士である」

遠山は半四郎を称《たた》えつつも、表情は鬼のようだった。

異国に通じる砲術家が、エゲレスという巨《おお》きな国の遠謀によって捕縛《ほばく》されたのなら、そこから生じる長崎の右往左往が、海防を手薄にさせ、エゲレスが入り込む隙《すき》となってしまう……。

考えるだに恐しい結果が、賢明な町奉行に見えてきたのだ。

そしてまた、公儀の名で捕縛した者をまちがいであったと解き放つことは、幕府の面目を潰すに等しいことになり、できないものとされていた。

「秋帆の投獄は、ひと月ほど前だ。オランダ商館の船は、年末に出ておるはず。とするなら、半月ばかりでバタビヤのオランダ政庁に報せが届く……」

遠山はエゲレス艦船が、高島秋帆の捕縛を知るまでの日数を勘定していた。エゲレス本国はとっくに自国の艦隊を、亜細亜《アジア》に送り込んでいるはずとも言った。

知る者ぞ知る遠山の父は、かつて長崎奉行だった幕臣である。

「黒船が長崎近海にあらわれるのは、早ければ今月末ですか」

「騒ぎ立てるわけには参らぬが、傍観しては手遅れどころか、侵略を招きかねぬ」

江戸北町奉行ではなく、老中の器を見せる遠山だった。

「絹川に頼みがある。江戸市中ならびに近在の蘭学に携《たずさ》わる者ひとりでも多く、高島秋帆のこと、ならびに昨今の長崎事情を聞きあつめていただきたい」

遠山自身は老中への上申と、長崎をはじめ諸国の海防を堅固にすべく手をまわすつもりだと言い終えて部屋を出ていった。

——国存亡の危機か。

半四郎はおのれの思いつきではあったが、背すじが寒くなるのをおぼえた。

異国の黒船艦隊が大挙して江戸湾にまで入り込み、とてつもない威力の大砲が一斉に火を吹けば、市中は火の海となろう。
寒々しい書物部屋の中で、半四郎は掌《てのひら》に汗を見ていた。

五之章　雪中の血闘《けっとう》

一

絹川《きぬがわ》半四郎は、相良《さがら》藩祐筆役《ゆうひつやく》の安井銀之進《ぎんのしん》が会ったという長崎通詞に、自分も会いたいと思い立った。

北町奉行所を出ると、その足で銀之進のところへ向かうつもりでいた。

――安井のやつ、正月は上屋敷いや、下屋敷か……。

上屋敷の飯田町と下屋敷の築地明石町、ここ呉服橋からは正反対のところになる。

雪の積もった道で、無駄足は嬉しくない。が、国難となりかねない大事となれば、悠長に構えてはならぬと、気持ちを引き締めた。

袴《はかま》の両脇から手を差入れ、下帯をつかんで持ち上げた。

呉服橋を渡って、日本橋の町なかに入った。

なんとも言い難い人恋しさが、半四郎に、寒々しい長塀《ながべい》のつづく大名小路ではなく、〆縄《しめなわ》や松飾りの賑やかな町家を選ばせたようだ。

名を呉服町。絹物屋が軒を並べる界隈で、橋の名の由来ともなっていた。

そのまま東へ進むと、江戸の台所となる青物市場、日本橋を渡れば魚河岸《うおがし》。いつもなら喧《やか》ましい界隈だが、正月休みはひっそりとしたままである。

北へ歩みを取っても、町家がつづく。が、どの通りを覗いても、蕎麦屋の一軒も開いていない正月だった。

腹が空いた。

独り身の半四郎には、ありがたくない松の内となってしまった。

例年は勝手気ままに炬燵《こたつ》の人となり、質屋が運んでくる朝昼晩を突つく三箇日を過ごしていた。

「今年は、ちがう」

寒空の下、長崎の実情を調べるべく、市中をうろつく羽目となった。

あまりに重い役割に、肩まで凝っていることに気づいた。加えて、空腹は辛い。

気持ちが空まわりして、力が入らないのだ。

ことと次第では、天下の一大事となりかねないにもかかわらず、いったいなにをしているかと、国士と言われた初老の侍は両腿《りょうもも》を拳《こぶし》で叩いた。

その音が天に届くわけもなかろうが、白いものが降ってきたのには参った。

傘も合羽《かっぱ》も持ちあわせない半四郎は、瀬戸物と看板のある店の軒下に、ひとまず身を寄せた。

羽織を脱いで、頭から被《かぶ》るつもりだった。

店の雨戸は閉まっていたが、中から声が聞こえた。

「止《よ》そう。こんな物を売るのは……」

「けど、おまえさん。珍しい絵柄じゃないかね。値はいくらでもいいって言うはずだってば……」

夫婦喧嘩には聞こえないが、売る売らないのやり取りと分かった。

「これをどこで手に入れたのかと、役人に目を付けられたらどうする」

「店先に出さなきゃ、いいじゃないのさ。茶道具屋さんと同じで、お得意さまだけを相手に……」

頭の中に長崎があったからか、半四郎は南蛮渡りの唐物《とうぶつ》ではないかと見当をつけた。

ドン、ドン。

半四郎が戸口を叩くと、急に店なかが静かになった。

脅かすつもりはなかったものの、叩いた拳に思わず力が強くなっていたようである。

「ちと訊ねたいことありて、邪魔をしたい。亭主、開けてはくれぬか」

「ど、どちらさまで」

「――――」

口ぶりが侍と分かり、瀬戸物屋は押し黙った。

「手間は取らせぬ、開けてくれ」

「申しわけございません。正月は、四日より店を開けますのでして、どうぞ、お引き取りをいただきましょう」

明らかに焦っている様子がうかがえ、半四郎は声を強めた。

「開けぬのなら、町方の者を呼ぶが」

「へっ。へ、へいっ。ただ今」

中から閂《かんぬき》の外される音がして、主人が顔を出した。

「…………」

羽織を脱いだ恰好《かっこう》でも、半四郎は黒羽二重《くろはぶたえ》に袴の正装である。見ようによっては、奉行所与力に思えなくもなかった。

瀬戸物屋夫婦は、尋常ではない怯《おび》え方をしていた。ふたりの怯えが、店そのものを小さな地震のように揺らした。

「安堵いたせ。町方の役人ではない」

「は、はい……」

半四郎は敷居を跨ぐと、後ろ手に戸を閉めた。

「表にて聞いてしまったのだが、唐物が手に入ったようであるな」

「いいえ。そのような物は――」

「当方とて他言を憚《はばか》らねばならぬと、かように覚悟をして参ったのである。見せてはくれぬか」

薄暗い店の中に、半四郎が出した小判が光った。

「――」

「十手《じって》のないのは、見てのとおり。家名は明かせぬが、ちと贈答にしたいのである」

思わせぶりに、半四郎はもう一両を重ねた。

夫婦は顔を見合わせ、仕方ないと腹を据えたようだ。

「これでございます」

碧色《みどりいろ》の帛紗《ふくさ》に包まれた縦長の碗らしき容れ物には、一方に耳のような取っ手がついていた。

白地に青い絵付けの柄は、異国の帆船に見える。

「珍しい代物《しろもの》だが、酒をこれで呑むか」

「よくは存じませんが、茶を飲むときに用いるそうでございます」

「耳をつかむと、熱いときでも平気だと聞きました」

夫婦は揃って商人の顔となって、半四郎に勧めはじめた。

「こちらは絵皿でございまして、六枚揃えとなっておりますです」

桐箱の中に重ねてあった半尺ばかりの大きさをした薄手の皿は、黒と金とで単純な模様が描かれてあり、地味に見えて派手だった。

「面白いな」

「そうでございましょう。決して怪しいお品ではありませんで、珍し物好きな方は家宝にまでなさると聞きました」

「うむ。使い物に、うってつけと見た。買って取らすが、二両では足らぬか」

「とんでもございませんです。ただ今お包みいたしますゆえ……」

女房は茶碗と皿とを、改めて帛紗に包み直しはじめた。

半四郎は亭主に、それとなく囁《ささや》いた。

「長崎からの渡り物であろうが、どこより手に入れた」

「えぇっ。手にと仰言《おっしゃ》られましても、その……」

「抜け荷などとは申さぬ。しかし、一介の町商人が手にできる品とは思えぬのだがな」

いたぶるような半四郎の口調が、亭主の口を割らせた。

「名は存じ上げませんのですが、お旗本のご家来が、代々家に伝わる物を処分なさったとかで、手前どもは上野池之端の髪結《かみゆい》さんを通して、年の瀬にお預かりしたわけなのでございます」

「もとより、うちじゃ売るつもりはなかったんでございますよ」

唐物を包みながら、女房も口を添えた。

「拙者も相分《あい》かった。ここに迷惑の掛からぬよう、こののちは池之端の髪結より手に入れたい」

髪結の名を申せと目で言うと、亭主は女房に確かめてからうなずいた。

「おかつさんという女髪結さんです。どうか、手前どもの店の名は、ご勘弁を」

「みなまで申すな。御免」

包ませた物を受取り、番傘をもらった半四郎は店をあとにした。

瀬戸物屋夫婦は頭を下げっ放したまま、内緒に願いますのかたちをいつまでも見せていた。

雪の降りはじめた中を、半四郎はそのまま池之端へ向かった。

下駄を履いてくるべきだったと悔《くや》みながら、雪を踏みしめて考えた。

蛮社《ばんしゃ》の獄《ごく》で江戸じゅうの蘭方医がふるえ上がったのは、三年半ほど前のことである。蘭学者の後ろ楯《だて》となっていた渡辺崋山が投獄され、とうとう異学は禁じられたかと怖れ戦《おのの》いた。

同時に危ぶまれたのが、南蛮渡りの唐物を売り買いすることだった。

「新しい改革の中に、祖法の鎖国を守るべしの一項が加わるにちがいないとすれば……」

たちまち噂は広まり、唐物の品評会までが開かれなくなっていた。

半四郎は、質屋の伊勢甚《いせじん》が嘆いたのを憶えている。

「品評会で儲けようとは思いませんですが、唐物の色なり柄は、絵付け職人の勉強になるんです」

が、三年以上たった今になって、ほとぼりが冷めたのか、唐物が出廻るまでになったのかもしれなかった。

水野越前の改革の最中ではあるが、蘭学への取締りは聞こえてこないままに、三年がすぎていた。

持ち込んだのが女というなら、大っぴらにはできないものの、目こぼしされつつあるということなのだろう。

おかつという髪結女が、昨日今日の長崎事情に詳しいとは思えない。

それでも手掛かりの一つくらいはと出向くつもりになったのは、半四郎が多少なりとも女に一家言《いっかげん》あるからだった。

もちろん、秋の空と同じ女ごころに翻弄《ほんろう》されるのはいつものことだが、周りの男どもに比べると数段ましなのである。

上野は将軍家菩提寺の東叡山を控えていても、不忍池《しのばずのいけ》の弁天堂は女たちの守護神とされ、水商売に人気の土地となっていた。

湯島からこの辺りは色まちとしても名が出はじめ、そこに巣食う芸者までも当節は権高《けんだか》になりつつあった。

横柄《おうへい》な女はいただけないが、小賢《こざか》しい女は御《ぎょ》しやすいところがある。というのも豹変する前に、損得でものごとを計るからだった。

会ってみない限り分からないものの、女髪結が家宝として唐物を持っていたとは思えず、半四郎は背後に誰かがいるはずと考えた。

二

雪の中、半四郎は間口の大きな料理屋の玄関口に立った。

人通りの少ない町なかで、見上げた二階に客の気配がしていたからである。新年の挨拶か、寄合《よりあ》いらしい何人もの客の履物《はきもの》が棚に並んでいた。雨傘を立て掛けると、声がした。

「いらっしゃいまし。どちらのご家中さまでございましょう」

料理屋の下足番が飛んで出て、腰を低く頭を下げた。

下足番には思えない。といって、料理屋の番頭ほどの愛想はなかった。半四郎をうかがう上目づかいが、どこか警戒をしているふうを見せてきた。

ここで下手な嘘をつけば、怪しまれるのは目に見えた。

――ひとつ、上手な大嘘をつくしかあるまい。

「江戸城西ノ丸目付《めつけ》、桜田と申すが――」

「は、はい。いかような、ご用向きで」

明らかに慌てたのは、後ろめたいことがあるからだろう。半四郎は、二階へ目を向けた。

「新年早々に、寄合いとは」

「その、なんでございまして、年明けのご挨拶とうかがっております」

「同業商人と申すなら、届出はなされておるのであろうな」

「ただ今、二階へ行って聞いて参ります」

「拙者が問いただす」

言うが早いか、半四郎は手にしていた包みを置いて、雪泥に濡れた足袋《たび》のまま上がり込んだ。

幕府の目付であれば、町方の役人が持つ十手《じって》は不用である。ましてや斬捨御免状があれば、このていどの嘘は大した罪とはならないのだ。

「お役人さま。二階のお客さまは、正月のあつまりでございますっ」

料理屋の男はあつまっている連中に、役人が来たと聞かせるべく声を張った。

半四郎が座敷の唐紙《からかみ》に手を掛けると、中から開いて顔を覗かせた者がいた。

「ひっ」

尋常ではないおどろき方に、半四郎は力いっぱい襖《ふすま》を開け放ち、胸を反《そ》らして立った。

「あ、あっ」

八畳ほどの広さの座敷では、商人らしき男たちが車座となり、それぞれが膝の前にある物を隠そうとしていた。

「動くな」

汚れた足を踏み入れた半四郎は、大袈裟に腰の物に手を掛け、鯉口《こいくち》を切って見せた。

「…………」
八、九人いるだろうか、全員が目を剝いて固まった。
車座の中にあったのは、組紐《くみひも》であり、帛紗《ふくさ》であり、大切な物を納めるときに使う桐箱などである。

そして各々《おのおの》の膝には、珍しい色や形をもった品物が、行き場を失って抱えられていた。

一つは、精巧な仕掛け道具だった。

「ほう。南蛮時計と見るが、幕府御用達商の寄合いか」

「――――」

天保改革の最中であれば、贅沢品売買の不正は許されない。

返事がなかったことは、御用達商人でもなければ、奢侈《しゃし》禁令に引っ掛かる物を持参したと白状したも同然だった。

「いかなる寄合いかは、追って町奉行所より尋ねに参ることとなろうが、そなたらの膝にある品々は、どこより入手したか訊ねたい」

「む、昔、親の代に買い求めました唐物で、みなが持ち寄り、見せ合っておったのでございます……」

上座にすわる年配が、居あわせた一同を均しく見ながら、そうだよなと目で言った。

「ご改革の折に、左様な贅沢きわまる品評会とは、公儀《おかみ》をおそれぬ仕儀。江戸所払《ところばら》いは、まぬがれまいな」

猫が鼠をいたぶるとは、まさにこれだろう。

目を細めた半四郎を見て、時計を抱えていた一人が声をふるわせた。

「申し上げ、ます。嘘偽《いつわ》りなく、ここにある唐物は、みな拝借したものばかりなのでございます」

「誰より、借り受けたっ」

「本庄《ほんじょう》さまと申されますお方で、お旗本の、ご家来でございます――」

隣の男がうなずき、ことばを添えた。

「さ、さようで。つまり、公儀が認めたも同様の、品評会となっておりますです」

「借り受けたと申すが、なにゆえ本庄なる者は来ておらぬか」

「お忙しいと、聞いております……」

半四郎は車座の中に入り立て膝となると、各々が手にする唐物を見入った。

人の顔が浮き彫りとなっている金貨、皮革の箱、半四郎が先刻二両で買った皿に似た揃え、精巧な金の鎖などもあった。

どれも高価である。ところが手にしている町人は、豪商に見えない。

夫婦者の瀬戸物屋と似かよった風体は、値の張る唐物に釣り合わないのである。

これが旗本の家来ではなく、北町の遠山さまがと言ったなら、半四郎は踵《きびす》を返したろう。

遠山左衛門尉の父は、長崎奉行だった幕臣である。唐物のいくつかを手に入れていたとして、不思議はないのだ。

半四郎は鯉口を戻した太刀を外し、すわり直した。

「訊ねたい。この中に、当地にて髪結《かみゆい》を生業《なりわい》といたすおかつなる女を、知る者はいるか」

「あぁっ」

明白な返事が、どの顔にも出たことにおどろいた。

つい先刻の偶然が、すぐにつながったのである。

「正直に申せ。おかつは、そなたらの仲間か」

上座にいる年配の町人を睨《ね》めつけて、ふたたび太刀に手をやった。

「お、恐れ入りまして、ございます……」

唇をふるわせながら頭を下げる姿が、影目付としての半四郎の役割を、大きく進めさせてくれそうだった。

抜け荷の摘発ではなく、改革以来の長崎事情が知れる手掛かりが見つかりそうだったからである。

「急ぎ、髪結おかつを連れて参れ。おぬし一人でな」

「はい」

年配の商人が奉行所へ走るおそれはないと見た半四郎は、ことの成りゆきを見守るつもりになった。

商人の一人が出てゆくと、料理屋の玄関口にいた男が、高脚《たかあし》の膳に酒肴《しゆこう》を運んできた。女中も藪入《やぶい》りなのだろう。

これでしばらく一献と、下手《したて》に出たつもりだろうが、半四郎は膳ごと手で払いのけた。

「――――」

音を立てて小皿は割れ、酒がこぼれた。

誰も割れた物を片づけようともせず、畳が酒を吸うのを見るばかりだった。

女髪結を迎えに行った者は、思いのほか早く戻ってきた。

どこにも寄らずすぐに帰ってきたのは、半四郎の薬が効きすぎたのだろうが、顔色は前に増して土気色《つちけいろ》になっていた。

「いかが致した」

「し、死んで、いたです」

「――――」

誰がとは、聞かなくても分かった。

髪結の女が死んでいたのだ。それも尋常な死に方ではないのが、顔つきで知れてきた。

「女は、殺されておったと――」

「はいっ」

「案内いたせ」

半四郎は太刀を手に、立ち上がった。

雪は止まずに、ハラハラと舞い落ちていた。

「近いのか、女のところは」

「はい。すぐそこの、路地を右に入りました四軒目で、首から血を流しておったでございます」

長屋の四軒目は戸が開いたまま、雪が敷居を白くしていた。

同じ棟の住人に、気づいた者はまだいないようだ。

敷居を跨いだとたん、生ぐさい匂いが半四郎の鼻を襲ってきた。

――殺《や》ったばかり……。

料理屋に上がらず、女髪結の居どころを探っていさえすればの後悔が、頭をよぎった。

四畳半ふたつの奥のほうに、女は壁にもたれるかたちでうなだれていた。

首から吹いたであろう血潮が、畳といわず簞笥《たんす》や鏡台を赤黒く汚している。

三十半ばだろうか。それとも白くなった顔が、四十女を若く見せているだけなのかもしれない。

「おかつは、そなたらの仲間であったか」

「いいえ。仲間というより、本庄さまから、きつく言い含められておったのでございます……」

血の匂いが堪《たま》らないと口と鼻を押え、目をそむけながら返事がなされた。

「言い含められたとは、どのような」

「少しでも高い値で売ってこい。さもないと土地で商売をさせないと」

「本庄と申す者は、脅していたと」

「…………」

「おぬしらと、同じようにか」

聞くまでもなかった。

が、幕臣旗本の家来というのが分からなかった。

旗本とさえ名乗れば通じると、騙したのではないか。

なにごとかと、顔を出した長屋の者に番屋へ走るよう命じた半四郎は、仏《ほとけ》に一礼して外へ出た。

西ノ丸目付と言った嘘が、人死《ひとじに》を見てしまった場で役人にばれるのはよろしくなかろう。

料理屋の玄関に置いた唐物の包みもそのままに、ひとり半四郎は飯田町の相良藩上屋敷に向かった。

——まずは、安井銀之進が会っている長崎通詞に……。

髪結女が殺されたのは気の毒だが、異国が侵略するかという国難のほうが、優先となっていた。

上屋敷に、銀之進はいた。

その足で半四郎を伴って長崎通詞に会うべく蘭方医のもとへ出向いたが、いなくなっていた。

蘭方医に訊ねると、大晦日の朝、女が訪ねてきて通詞と一緒に出ていったまま、行方が知れないとのことだった。

「江戸を知らぬ通詞であろうに、どこへ失《う》せたのだ」

「よく分からないのですが、訪ねてきた女を知っていたようで、黙って随《つ》いて行った気がします」

蘭方医は知り人ならばと、放っておいたと返答をした。

「長崎から携えてきた旅行李《たびごうり》は」

「大した荷物でもありませんでしたから、そのままにして行きました。置いた中でまともなのは、これだけです」

日蘭辞書とある一冊が、押入れに仕舞われてあった。

半四郎は蘭方医に訊ねた。

「やって参った女とは、どのような」

「四十前後の、町家の女でした。前掛をして、頭に櫛がふたつ挿《さ》さっていたので、女房が髪結《かみゆい》さんじゃないかと」

「女髪結か――」

殺された女おかつを思ったが、まさかと半四郎は打ち消した。

「大事な辞書が置いてあるということは、戻ってくるつもりなのでしょうから、気にしないことにしています」

しっかりと綴《と》じてある辞書なるものを、半四郎は手に取った。

何千回も繰《く》ったろう指ずれの跡が、大切さを物語っていた。

——これを置き残して、帰らないとは……。

半四郎は辞書を繰った。そこに「本庄」の名がくっきりと記されてあった。

「――――」

長崎通詞に会えると来たものの、会えなかったかと半四郎は銀之進と別れた。

その足で、北町奉行所へ向かった。

三

月番は南町で、北町奉行の遠山左衛門尉《さえもんのじょう》は前月の訴訟文書に目を通していた。

「正月早々に、上野池之端に人死《ひとじに》が出たと、南町の者が出っ張ったそうだ。屠蘇《とそ》気分が台無しになると、ぼやいておったとか」

「女髪結《おんなかみゆい》が、殺されておりました一件でございましょう」

「絹川は、なぜそれを」

「この目にて、確かめたのです」

「届いた話では、自死したと」

「いいえ。首を刃物で、刺されておりました。自分の手でしたとは、考えられません」

「――――」

遠山は目を剝《む》いた。

「出っ張ったのが新参の同心であっても、殺されたと検分できたはずです」

「南町、鳥居甲斐の思惑か……」

どうしても表沙汰にしたくない場合、奉行の一存で死因を偽《いつわ》ることがあった。

ただし、下手人の探索はつづけるのである。

半四郎は今日一日の経緯を、遠山に語った。

「市中に唐物《とうぶつ》が出まわりはじめか……。改革が長引いておるゆえ、儲けようと企《たくら》んでおった連中も、痺《しび》れを切らしおったか」

「まずは、町方に引っ立てられてもいいような、小店に品物を捌《さば》かせ、様子を見ることにしたのではございませんか」

「大丈夫となって、大物が登場ということになるのであろうが、鳥居甲斐もこの遠山も、悪辣《あくらつ》な者には容赦せぬつもり」

評判の芳《かんば》しくない鳥居耀蔵だが、それは仕掛け方が狡猾《こうかつ》なだけであって、正義を貫くことにおいてはまっとうな幕臣だと、遠山は言い添えた。

「とするなら、甲斐どのが自死と偽ったことに、理由が生じます」

「絹川。今少し、池之端でのことを詳しく話してくれまいか」

「詳しくとなりますと、ひとりの名が出ました。本庄と申しておりましたが、果たして本当の名かどうか。私とて西ノ丸目付の桜田と、嘘をついたのです」

「死んだ男が本庄と申す者か」

「男――。殺されたのは女髪結でございます」

「知らぬまま出てきたようだな、絹川。髪結女の押入れに、男も殺されておった」

「えっ」

「どうやら殺された男のほうは、長崎通詞と見る。確かめさせるが、まちがいあるまい……」

遠山は傍《かたわら》にいた書役《かきやく》に、本庄の名を聞いたことがあるかと訊ねた。

「はい。甲斐守さまの側近、と申すほどではありませんが、鳥居家に本庄茂平次《もへいじ》なる家来がいたはずです、確か、長崎にいたとか……」

「――」

半四郎と遠山は、互いの目を見た。

「それが話に出た本庄と重なるのなら、甲斐は自分のところの者が殺しに関わると立場上よろしくないと考えて――」

「殺しに関わらないとしても、唐物の売買に嚙んでいる者であれば、表沙汰にしたくないはずです」

遠山は書役に、鳥居家の本庄なる者の素姓《すじよう》を、調べよと命じた。

夕暮を前に、半四郎は北町奉行所をあとにした。

異国の侵略という一大事は消えないものの、成りたたなかった唐物の売買でふたりの人死を見ている。

「いや。売買は、一つされた」

半四郎は声を上げた。

池之端の料理屋にあつめられた唐物は、取り上げられたろうが、日本橋の瀬戸物屋に持ち込まれた碗と皿は、半四郎が二両で買ったのである。持ち込んだのは女髪結で、殺された。それを知った下手人は、二両を受取りにやってくるのではないか。

――池之端の下手人なれば、また人を手に掛けて……。

半四郎は走った。

四

瀬戸物屋の戸は閉まっていた。裏にまわった。

人の押入った気配はなく、半四郎は勝手口の戸を叩いた。

「どちらさまで」

「先刻立ち寄った者、開けてくれぬか」

「えっ。へ、へい」

主人が顔を出した。嬉しそうにないのは、二両を返せと捻《ね》じ込みに来たと思っているようだ。

中に入った半四郎は、あたりをうかがって戸を閉めた。

「お気に召さなかったのでしょうか、あのお品」

「そうではない。訊ねるが、あの代金を受取りに参った者はおってか」

「いいえ。いただいた二両は、そのままにしてございます。髪結のおかつさんも、三箇日は来ないでありましょうから」

髪結と通詞が殺されたことなど、知らないようだ。夫婦して、半四郎を見つめている。

「ほかの唐物もと仰言《おつしや》るのでしたら、おかつさんに、手前どものほうから声掛けをいたしますです。いえもう、仲介料のなんのとは申しません」

夫婦は池之端に女髪結がいなかったので、ほかにも唐物はないかとやって来たものと思っているようだった。

「済まぬが、飯を食べさせてはもらえぬか。昼を抜いてな……」

半四郎は居すわる理由を、食事にした。

「そうでしたか、正月はどこも店を閉めておりますからね。おい、なにか召し上がる物をお出しして」

「はい、はい。ふたりきりの瀬戸物屋の御菜《おさい》なんぞでは、お口に合いませんでしょうが、御節《おせち》がございます」

「左様か、かたじけない。女房どのに、もう一つ頼みたいのだが、拙者は餅ではなく米が食べたい。面倒だが、炊いてくれまいか」

半四郎はピカリと光る一分金を、上り框《がまち》に載せた。

「そりゃもう、度々」

女房は口元をほころばせて、米櫃《こめびつ》の蓋を開けた。

これから飯を炊くには、小半刻《はんとき》ほどはかかる。さらに食事をして、酒を頼めば、さらに半刻はいられるだろう。

町木戸が閉まる刻限まで、半四郎は見張っておかねばと考えた。

自らの手を汚さず人に売らせる者であれば、欲深いにちがいなかった。ふたりを殺した理由は分からないが、与えた物の報酬は受取りにくるだろう。

それを待って問いただすのが、半四郎は役目と考えた。

雪の降る外で待つのは、風邪をひきかねない。それゆえの、食事の支度という注文だった。

明日になれば北町に頼んで、目明しを交替で見張りに立たせればよい。

半四郎は、代金の回収に来るはずと、賭けた。

その者を捕え、人殺しの下手人なり唐物の売買をしている一味を、お縄にせねばと思っていた。

「町なかの茶碗屋ですから、召し上がっていただく物も、すわっていただくところも、粗末でございます」

居間とおぼしき八畳間には、正月らしく千両万両の実をつけた花入れが、床間《とこのま》もどきに飾ってあった。

「ただ今、お熱いのができますので、しばらくお待ちを」

燗酒の仕度だ。

「ありがたい」

半四郎は食べ終えるだけで出るのではなく、酔って居眠りでもするかと思いついた。

眠れば、出て行けとは言われまい。

奉公人も藪入《やぶい》りなら、夜具もあるはずだ。朝までいられるかもしれない。そうすることに決めた。

「ところで、おかつと申す髪結とは親しくなって長いのか」

「それが、先月の師走からなのでございますです。ご禁制品とは言わないまでも、贅沢とされる唐物ですから。おかつさんが持ち場としている上野界隈で売るのは、いささかまずかろうとなりましたようで……」

　上野池之端は将軍菩提寺に近く、なにかとやかましい地となっていた。巡り巡って、うちに来たのだと笑った。

「左様な話、ときにあるのか」

「まったく初めてでして、お侍さまに買っていただくまでは、もうビクビクしておった始末でございます」

　酒が運ばれてきた。肴《さかな》は、御節の一ノ重にあるものだった。

鱓《ごまめ》、数の子といったもので、伊勢甚で作ってくれる物と大きなちがいはなかった。が、酒は質屋のほうが上等のようだ。

　隠居となって市中で遊ぶようになった半四郎は、舌が少しばかり肥えたのである。

　もっとも、舌が肥えたといっても、少しだけだった。本物の舌であれば、味付けではなく、鱓なら鱓そのものの差を分からなくてはならない。

「お侍さま、先ほどお買上げいただいたお品は、お殿様が大層お喜びになったのでございましょう」

「ん、分かるか。改革とか申し、世を上げての質素倹約。わが殿も、まことに苦々しげに嘆いておられた。これは、内緒であるぞ」

「そりゃもう、えへへ」

話を合わせることは、苦痛にならない。町人同士の会話とは、半分ちかくが嘘となっていた。

あれがいいと言えば自分もと言い、話を合わせる。これが商人ともなれば、大半が嘘となってしまうのが会話だった。

これに「お似合いでございます」との世辞が、客に向かって加わった。

半四郎は当初、商人との話になかなか合わせられないでいた。

嬉しくもないことには、笑えない。

「武士たる者、正直にあるべし」

生まれたときから、言われつづけていたことばなのである。

隠居となって十五年余、話を合わせることは魂を売ることではないと、町人と付合う内に教えられた。

台所で食事の仕度をしていた女房の手が、止まった。

トントン。

勝手口の戸が、鳴っている。

「どなた……」

女房が戸口に立とうとしたのを、半四郎は差料を手に出ていった。

ドン、ドン。

叩く音が変わる。

雪の晩、無言で裏の戸を叩く者はいない。

半四郎は耳を澄まし、声を作った。

「夜分となりました。瀬戸物にご用でございますなら、明日」

「開けぬか」

「どなたさまで」

「開けろと申すが、分からぬかっ」

武士の口ぶりである。酒の上での酔言でもなかった。

夫婦者に奥へ行けと顔で示し、半四郎は台所の設《しつら》えを見極めた。

竈《かまど》の置き場所、土間の広さ、上り框の高さ、鍋釜などを見て、鯉口《こいくち》をそっと切った。

「ただ今、お開けいたしますです」

閂《かんぬき》を外すと、戸は外から開けられた。

暗くなった外よりも、中のほうが明るい。半四郎は一瞬早く、男の顔と手を見た。

太刀の柄《つか》に手を掛けて、顔の下半分を紺の手拭で隠していた。

素早く戸袋の側に身を寄せた半四郎は、侍の膝を外側から蹴った。

「あっ」

声を上げた半覆面の侍は、倒れそうなのを堪《こら》えて、抜刀した。

——馴れている。

家の中では、刀を横に薙《な》いで抜き払うものだった。

作法どおり抜いた太刀を、あやまたず蹴ってきた半四郎のほうへ払ってきた。

ガチッ。

半四郎は鯉口で受止め、雪の降る中へ先に出た。

侍も出てきた。下駄を脱ぎ捨てた。

ともに足袋跣《たびはだし》である。雪は降りしきっていたが、軒行灯《のきあんどん》の明るさを映えさせて、明るかった。

柳生新陰流《やぎゅうしんかげりゅう》かと、半四郎は太刀筋を見た。

ちがった。

「池之端の女髪結と長崎の通詞を、手に掛けたのか」

「問答、無用」

下から払い上げてきた太刀筋が、音を立てた。

音もなく躱《かわ》した半四郎だったが、斬り裂かれた雪片を浴びたほど鮮やかな手並だった。

人っ子ひとり通らない雪道で、対峙した。

「なにゆえ、長崎通詞と女まで」

「意味は、ない」

「本庄と申す武士、知っておるか」

「あの世への土産に、教えるつもりもない」

青眼の構えから上段へと、侍の腕が動いた。

半四郎は呼応するように下段へ構え、振り下ろされるのを待った。

じっとしていると、降りしきる雪が頭や肩ばかりか、足袋跣の足元を埋めてきた。

双方とも動かないのであれば、同じことではある。

雪中の稽古は、したことがなかった。

動くこともだが、次に置く足元がどうなっているのか、知ることができない。半尺ちかく、雪は積もっている。その下に石ころがあるかどうか、それすら分からないままだった。

侍の月代《さかやき》は剃ってなかった。浪人なのだろうが、腕前は確かだ。剣の道を極めて仕官を願いつづけるものの、どの家中も人を雇い入れる余裕がない天保である。

人材登用など、ことばだけだった。俸禄《ほうろく》にぶらさがる家臣は、必死に上役の機嫌を取り、おのれの小さな家を守ろうとした。

浪人者に、入り込む余地などどこにもないのだ。

といって内職の傘張りなど、剣術に生きてきた侍にできるわけもなかった。結果、荒《すさ》んでくる。一攫千金をと、賭場《とば》に出向く。勝てるはずもなく用心棒とならざるを得ないが、無宿同然の町人にあごで使われるのは、屈辱以外のなにものでもないはずだ。

「やくざ者に使われるのが、いやになったか」

半四郎がつぶやいた。

「馬鹿な。与太者《よたもの》に雇われるほど、落ちぶれてはおらぬ」
虚勢で放ったことばには聞こえず、それなりの矜持《きょうじ》が含まれていた。
刹那《せつな》。
浪人の構えていた上段の太刀が、前に出ていた脚とともに揺れた。
半四郎が目で捉えたのではない。雪が音で知らせてくれたのだ。
一瞬早く、半四郎は相手の左にまわるようにして、下から右上へ太刀を斬り上げた。
降りしきる雪は、あらゆる音を吸い取った。
鮮やかな赤いものが、白い雪に混じってきた。
半四郎の足は、堅固なところに立っていた。
が、敵は重心を失ったように揺れ、伸ばした右手で半四郎の袂《たもと》に切っ先を躍らせた。
シャッ。
鋭い音が、半四郎の袂が吹き飛んだことを教えてくれた。
積もった雪は斃《たお》れる男の体をしっかり受止め、白いところが次々と赤く溶けはじめた。

男の左腕が、一間《いっけん》ほど手前に飛んでいた。

隻腕《かたうで》となっても、手当てが早ければ死ぬには至らないが、剣だけに生きてきた者には、生きつづける糸が切れるも同然だった。

瀬戸物屋の夫婦が、顔だけ出して身動きもしないで立っていた。

その脇を、半四郎は履物《はきもの》を取りに入っていった。

草履《ぞうり》に足を乗せても、感覚は甦《よみがえ》らないでいた。

出てゆくとき、夫婦に声を掛けた。

「戸締りは、怠《おこた》るな。番屋には伝えておく。仏《ほとけ》の始末はしてくれるであろう。邪魔をした」

「…………」

五

その晩、絹川半四郎は北町奉行所に泊まることとなった。

夜遅くなっても、なんの進展もないままがすぎていたからである。

上野池之端で長崎通詞と女髪結《おんなかみゆい》が誰に殺されたのか、まったく見えてこないでいた。

唐物《とうぶつ》を持ち寄った町人たちの言う本庄なる武士が、南町奉行の鳥居耀蔵と関わりがあるのかさえも、まだ分からなかった。

もちろん、半四郎が倒した剣術の手練《てだ》れが何者なのか、手掛かり一つないままである。

女髪結と一緒に殺されたのは、やはり逃げてきた通詞だった。

ひとつ安堵できたのは、江戸城に出向いた遠山左衛門尉が、エゲレスなりオランダが隙《すき》に乗じるという国難は、まだどこにも出ていないと聞いてきたことである。

雪だけが止《や》んだ。

「一尺ちかくも、積もっております」

夜番の与力が、笑っていた。犬が喜んでいるような顔だった。

遠山がつぶやいた。

「この改革は、市中の町人にまで混沌をつくり上げてしまったようだ。一つとして、納まったものがない」

禁止〳〵をふやせば、多くのものが隠れてしまう。その結果は、闇をみることになった。

「沖に黒船を見ても、口を拭う。長崎の役人は江戸のお歴々に心配させまいと、清国の阿片《あへん》事件を詳しく伝えようとせぬ。代わりに、唐物が人知れず売り買いされる。それも売り手の顔さえ見えてこぬ……」

そうした中で、砲術の大家とされる高島秋帆《しゅうはん》が、投獄された。その理由が、判然としないのだ。

半四郎はなにも答えず、寝所《しんじょ》とされた部屋に入った。

淡い灯《あか》りが、頼りなく揺れている。

疲れた……。

空腹でもあった。

冷えていた足だけは、湯涌《ゆおけ》につけて温めたが、握り飯ひとつ口に入れる気にもならないでいた。

夜具がきれいに敷かれてある。火鉢の火は熾《お》こり、寒くもない。

枕元の湯呑の茶が、ありがたかった。

用意されてある寝巻に袖を通すと、横になった。すぐに眠りに落ちた。広い部屋の独り寝を、邪魔をする者はいなかった。

コスミック・時代文庫

半四郎《はんしろう》 艶情斬《えんじょうぎ》り

【著 者】
早瀬《はやせ》詠一郎《えいいちろう》

【発行者】
杉原葉子

【発 行】
株式会社コスミック出版
〒154-0002 東京都世田谷区下馬 6-15-4
代表 TEL.03(5432)7081
営業 TEL.03(5432)7084
FAX.03(5432)7088
編集 TEL.03(5432)7086
FAX.03(5432)7090

【ホームページ】
http://www.cosmicpub.com/

【振替口座】
00110-8-611382

【印刷/製本】
中央精版印刷株式会社

乱丁・落丁本は、小社へ直接お送り下さい。郵送料小社負担にて
お取り替え致します。定価はカバーに表示してあります。

ISBN978-4-7747-6165-7 C0193